Hier aufschlitzen

1. Dezember

SOPHIA SCHEER

Alles hat ein Ende, nur die Wurst hat drei

Marie-Luise

Mein Gott, ist es hier gemütlich! Die niedrigen dunklen Holzwände der »Hochspitzen-Hütte« auf über eintausendzweihundert Metern trotzen bestimmt schon seit Jahrhunderten Schnee und Wind. Ich liebe die kleinen weißen Sprossenfenster, die rot-weiß karierten Vorhänge und die großen roten Schleifen, mit denen sie zusammengehalten werden. Und erst den Weihnachtsbaum in der rechten hinteren Ecke! Über und über mit Strohsternen und Lametta behängt. Wun-der-schön! Wir haben Schweinsbraten gegessen, direkt aus dem Ofen. Mit einer knusprigen Kruste, kreuzweise eingeschnitten. Jetzt noch der Kaiserschmarrn, ein Gedicht! Aus der Pfanne, nicht aus der Fritteuse, wie man ihn in andern Gasthäusern in den Alpen oftmals bekommt. Mit irgendeinem viel zu süßen Marillenkompott anstatt einem stilechten Zwetschgenröster, so wie hier auf der »Hochspitzen-Hütte«. Kein Wunder, dass der Gastraum bis auf den letzten Platz belegt ist. Die Leute lachen, trinken und reden fröhlich durcheinander, sie fühlen sich wohl. So soll es sein. Dazwischen Hans, der Wirt, und Mariella, seine tüchtige Tochter. Wie flink sie serviert, wie freundlich sie allen zulächelt! Ein bildhübsches Ding. Verständlich, dass Hans sichtlich stolz auf sie ist. Ein Blick aus dem kleinen Fenster, draußen dämmert es bereits. Die meisten anderen Gäste werden wohl hier übernachten, aber wir haben unsere Schlitten mit der Seilbahn heraufgebracht.

»Sollten wir nicht langsam runterfahren?«

Den Widerspruch, der meinen Worten folgt, habe ich erwartet. Ich kenne meine Freunde nur zu gut. Alles Hockenbleiber, wie man hier sagt. Man kann also gar nicht früh genug zum Aufbruch blasen.

Ein Blick in die Runde. Zu meiner Rechten Christian, mein Ehemann seit sechsundzwanzig Jahren. Langweilig, bieder, etwas festgefahren in seinen Ansichten, aber zweifellos treu. Ich kann mich glücklich schätzen. Denn treu sind die beiden anderen Herren an unserem Tisch mit Sicherheit nicht. Bei Georg ist das kein Problem. Er ist immer noch ledig und wechselt seine Freundinnen wie andere die Hemden. Dabei ist er weder schön noch reich. Allerdings ist er Pilot. Die Uniform macht wohl seine Anziehungskraft aus. Seit zwei Monaten ist nun Svetlana an seiner Seite. Keine Ahnung, wo er die wieder aufgegabelt hat. Eine Russin, Anfang zwanzig. Angeblich ist sie als Säugling zu Pflegeeltern gekommen und sucht nun nach ihrer leiblichen Mutter. Wie rührend! Das kann stimmen – oder auch nicht. Egal. Jedenfalls angenehm, dass sie so gut wie gar nicht Deutsch versteht und daher auch kaum den Mund aufmacht. Georgs Letzte war ein schreckliches Plappermaul.

Und dann haben wir da natürlich noch Lothar und Sabine. Die beiden sind seit mehr als zwanzig Jahren verheiratet, kinderlos und haben gemeinsam ein Wurstimperium aufgebaut. Eine riesengroße Fabrik, Lieferungen in alle Welt. Lothar hat seit gut fünf Jahren eine Affäre mit einer Geschäftspartnerin namens Renate. Sabine hat davon Wind bekommen und lautstark gelitten. »Was soll ich denn machen?«, hat sie immer wieder gejammert. »Die Frau ist eine unserer größten Kundinnen, wir können nicht auf sie verzichten.«

Doch jetzt ist anscheinend etwas in Bewegung geraten. So glücklich wie in diesem Urlaub habe ich die beiden schon lange nicht mehr erlebt. Wüsste ich es nicht besser, ich könnte sie glatt für zwei Frischverliebte halten. Lothar hat den Arm um die Schulter seiner Frau gelegt, sie kuschelt sich an ihn, ein seliges Lächeln im Gesicht.

Draußen beginnt es in dichten Flocken zu schneien. Langsam senkt sich die Dämmerung über unser winterliches Idyll. Jetzt wird's aber wirklich Zeit, auf zu den Rodeln!

»Zahlen, Herr Wirt!«, ruft Lothar, der Wurstfabrikant, um dann mit großartiger Geste hinzuzufügen: »Ihr seid meine Gäste!«

Oh, danke schön! Und das von einem Mann, dessen angeborene Sparsamkeit längst durch Geiz abgelöst worden ist. Er muss heute sehr glücklich sein. Ach, ich freue mich für Sabine!

Wir beratschlagen noch einige Zeit, in welcher Reihenfolge wir am besten ins Tal fahren sollen. Vor uns stehen die beiden Doppelsitzerschlitten und die zwei für Einzelrodler.

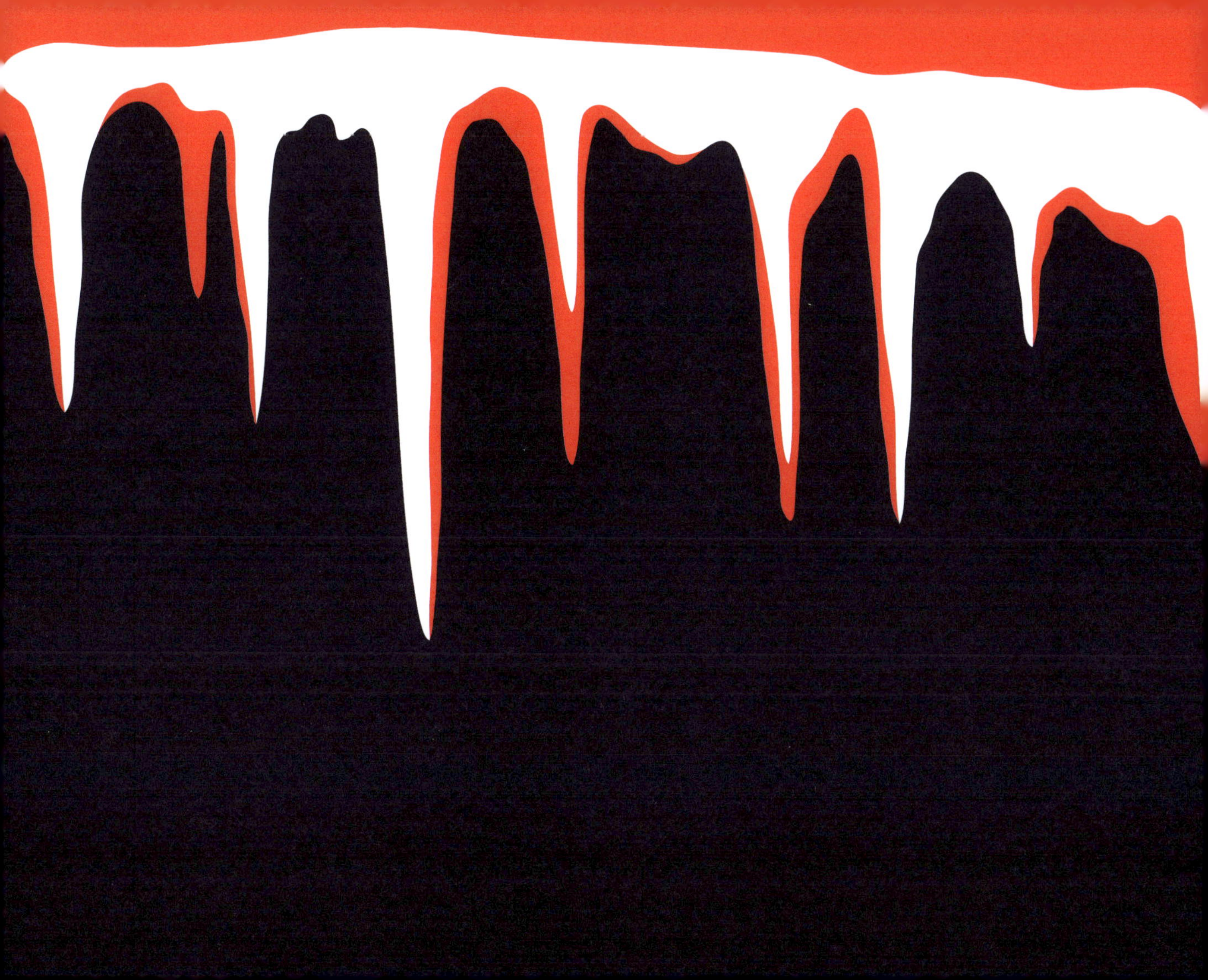

»Ich muss noch aufs Klo«, sagt Sabine, und ich sehe, wie sie bei der hübschen Kellnerin heimlich zwei Piccolos kauft. Es gelingt ihr sogar, die beiden kleinen Flaschen in ihren Anoraktaschen zu verstauen, obwohl sie schon ihre Skihandschuhe trägt. Na, die hat heute anscheinend noch etwas vor. Ach, ich freue mich so für Sabine!

Die Reihenfolge, auf die wir uns geeinigt haben, ist folgende: Zuerst rodeln Christian und ich, dann folgt Georg. Dahinter Svetlana. Lothar und Sabine kommen nach, wenn Sabine von der Toilette zurück ist. So können die beiden in Ruhe zurückbleiben, wenn ihnen vorher noch der Sinn nach Romantik steht. Ach, ich freue mich wirklich für Sabine!

Lothar

Lange halte ich das nicht mehr aus! Ihre Haare kitzeln mich an der Nase, und sie riecht so säuerlich. Kann sich der Charakter eines Menschen auch auf seinen Geruch auswirken? E-kel-haft! Lächeln, Lothar, lächeln, bald hast du es geschafft! Gestern habe ich die gesamte Rodelstrecke genau inspiziert und den passenden Baum ausgewählt. Er steht unmittelbar hinter einer steilen Abfahrt, vor einer engen Kurve. Sabine wird vorn sitzen und in vollem Tempo dagegenknallen. Ich werde natürlich rechtzeitig abspringen, das wird kein Problem sein.

Sollte sie, wider Erwarten, danach doch noch leben, folgt Plan B. Ein erfolgreicher Wurstfabrikant überlässt nichts dem Zufall. Ich habe schon ein Loch in den meterhohen Schnee gegraben, die Schaufel steht noch zum Zuschaufeln bereit. Sabine wird im Schnee verschwinden. Wie gut, dass immer noch Flocken vom Himmel fallen und alle Spuren zudecken werden, danke, lieber Gott! Wir werden sie am Abend suchen, aber nicht finden. Bis das Frühjahr ihre Leiche freigibt. Ich werde der trauernde Witwer sein, und selbst Renate wird verstehen, dass ich die Beziehung zu ihr unter diesen Bedingungen nicht aufrechterhalten kann. Ihre Riesenmengen an Würsten wird sie trotzdem weiter bei mir bestellen. Und alles, alles, alles wird mir gehören. Mir allein! Mein Plan ist einfach genial. In ein paar Wochen werde ich wieder hierher zurückkommen und mein Verhältnis mit Mariella, der feschen Kellnerin, fortsetzen. Lothar, du bist ein Glückskind!

Bei dem Gedanken an Mariella fällt es mir auch gar nicht mehr schwer zu lächeln.

Lothar (siebenundvierzig Minuten später)

So, und jetzt die Steilabfahrt. Gleich ist es so weit ... Hallo, warum ist mir denn auf einmal so schwindlig? Und wieso ist es mit einem Schlag so dunkel geworden? Wo ist denn jetzt der dämliche Baum? ... Mist, ich hätte den Prosecco nicht trinken sollen ...

Sabine

Ein Hoch auf die modernen Drehverschlüsse! Es war ein Leichtes, die K.-o.-Tropfen in den Sekt zu mischen. Wie gut, dass ich Lothar nie aus den Augen lasse. Hat er denn wirklich gedacht, er könnte mich heimlich, still und leise um die Ecke bringen? Und hat er wirklich gedacht, ich würde nicht dahinterkommen, dass sein neues Gspusi Mariella, die Tochter des Hüttenwirts, ist? Wenn man die Piccoloflasche mit dem Rest der Tropfen findet, dann wird man darauf einzig und allein Mariellas Fingerabdrücke finden. Clever, nicht wahr? Zwei Fliegen mit einer Klappe! Die Rivalin wird im Gefängnis sitzen, und ich werde die Alleininhaberin der Fabrik sein. Ah, da ist ja die Schneegrube, die mein lieber Gatte gestern ausgehoben hat. Er war schon immer ein fleißiger Handwerker, das muss man ihm lassen. Ich habe diese Eigenschaft an ihm noch nie so geschätzt wie heute. Es ist gar nicht so schwer, den betäubten Lothar über den glatten Schnee zu schleifen. Wie gut, dass meine Oberarme vom Würstedrehen trainiert sind. So, und jetzt hinein in die Grube! Ich liebe es, wenn Pläne perfekt gelingen. Und trotz allem muss ich immer an diese Svetlana denken. Es ist wirklich seltsam, sie hat genau dieselben breiten Lippen wie meine beiden Schwestern und ich. Und dasselbe markante Muttermal am Hals. He, was soll denn das?

Svetlana

Da steht sogar eine Schaufel! Und die doofe Sabine lehnt sich auch noch über die Grube, wie praktisch. Ein gezielter Schlag. Nein, besser noch einer. Und jetzt nur noch zuschaufeln. Wenn Sabine wüsste, wie lange ich nach ihr gesucht habe! Soll sie doch verrotten. In einem kalten Grab, so kalt wie ihr mütterliches Herz. Was heißt едиʹнственная noch mal auf Deutsch? Ach ja, Alleinerbin!

Ende

Hier aufschlitzen

2. Dezember

JÜRGEN KEHRER

Zu kalt gebadet

Hagen Simon war wie ein Tsunami über sie hinweggerollt. Groß, muskelbepackt, rote strohige Haare über einem kantigen, nie freundlichen Gesicht, machte er gleich am ersten Tag klar, was er von ihnen erwartete: Arbeit, Arbeit und nochmals Arbeit. Sie hatten sich im großen Konferenzraum versammelt und erst einmal die Tische zur Seite geräumt. Hagen Simon wollte, dass sie standen, das schärfe die Konzentration.

Im Nachhinein erschien Markus alles logisch: Die Zahlen hatten nicht mehr gestimmt in der Abteilung, die Wachstumskurve war eingeknickt, inakzeptabel für ein Start-up-Unternehmen, das ständig neue Investorengelder einsammeln musste. Also hatten die beiden Firmengründer, zwei alt gewordene Jungs in zerrissenen Jeans, Markus' langjährige Chefin gefeuert – und Hagen Simon an ihre Stelle gesetzt. Vorhersehbar, aber auch ein Schock. Nicht nur für Markus. Er roch den Angstschweiß, der sich im Saal ausbreitete, als Simon zwischen den Reihen der Stehenden herumtigerte.

»Von jetzt an«, sagte Simon, »gibt es keine Arbeitszeiten mehr, sondern nur noch Aufträge. Die müssen bis zu einem bestimmten Zeitpunkt erledigt sein, egal, wie lange ihr dafür braucht. Nachtarbeit hat noch niemanden umgebracht. Ausreden wie Familie, Freizeit, Arztbesuche, Essen oder Trinken lasse ich nicht gelten. Whirlpool-Sitzer haben in meiner Abteilung nichts zu suchen.« Simon blieb stehen und ließ den Blick über die versammelte Mannschaft schweifen: »Noch irgendwelche Fragen?«

Betretenes Schweigen. Markus hielt den Kopf gesenkt und schielte zu seinen Kolleginnen und Kollegen hinüber. Überall bleiche, fassungslose Gesichter ohne einen Funken Widerstandsgeist.

»Ach, und noch eins«, hob Simon erneut an, die Stimme klirrte wie Eiswürfel in einem Whisky-Tumbler, »ich möchte, dass ihr fit im Büro erscheint. Kein Alkohol, kein Nikotin, viel Sport. Verstanden?«

»Wir sind doch schon Tag und Nacht in der Firma – wann sollen wir dann noch ins Fitti gehen?« Die Frage war Markus so rausgerutscht, er bereute sie bereits einen Moment später, als Hagen Simon langsam auf ihn zukam. Mit leicht schiefgelegtem Kopf betrachtete Simon ihn wie ein Käfersammler, der ein seltenes Exemplar in einer Felsritze entdeckt hat und im nächsten Augenblick eine Stecknadel durch den chitingepanzerten Körper rammen wird. »Und du bist?«

Markus stammelte seinen Namen.

»Warum stotterst du, Markus?«

Markus spürte, wie das Wasser aus seinen Achselhöhlen schoss. »Ich ... ich ... stoho ... nicht.«

»Und warum schwitzt du plötzlich?«

Markus wischte sich einen Schweißtropfen von der Nasenspitze. »Weil es hier drin so heiß ist?«

Simon schüttelte missbilligend den Kopf. »Ich mache dir ein

Angebot, Markus. Und ich hoffe, du weißt das zu schätzen, weil es eine besondere Auszeichnung ist: Ich nehme dich mit zum Eisbaden. Nächsten Samstag, im Weißen See. Du wirst sehen, dein Leben bekommt von heute auf morgen einen neuen Kick, danach bist du mein taffer, fokussierter, zu allem entschlossener Markus. Wie klingt das für dich?«

»Danke«, sagte Markus. Ganz gegen seinen Willen lächelte er dazu. Ziemlich blöde vermutlich.

Am folgenden Samstag stieg Markus um Viertel vor zehn in Berlin-Pankow aus der Tram. Der Weiße See war ein nicht allzu großes, fast kreisrundes Gewässer, nur durch einen schmalen Parkstreifen vom umliegenden Wohngebiet getrennt. Auf der Ostseite gab es ein Schwimmbad, das jetzt, Ende Oktober, natürlich geschlossen war. Aber Hagen Simon hatte ihn sowieso zur Westseite des Sees bestellt, dort, wo ein weißer Sandstrand flach ins Wasser führte.

Markus trug warme Wintersachen, fühlte sich aber sofort overdressed, als er Simon in Shorts und T-Shirt heranjoggen sah. Simon machte ein paar Dehnübungen und sagte dann ohne eine Spur von Kurzatmigkeit: »Eigentlich ist es noch viel zu warm zum Eisbaden, neun Grad Wassertemperatur, habe ich gehört. Aber fürs erste Mal vielleicht gar nicht schlecht.«

»Selbst im Hochsommer friere ich schon, wenn ich nur einen Zeh in die Nordsee halte«, versuchte Markus einen Scherz. Der schlecht ankam, wie er an der finsteren Miene seines Chefs ablas. »Komm mit!«, sagte Simon nur. »Wir schließen uns der Gruppe da drüben an.«

Die Gruppe, ein Haufen überwiegend jüngerer Leute, saß in einem lockeren Kreis auf dem Rasen. Manche dick vermummt, wie Markus zu seiner Erleichterung feststellte. Wahrscheinlich war die Eisbaderei gar nicht so schlimm, wie er befürchtet hatte. Mehr so ein Rein-raus-Ding, einmal kurz ins Wasser und danach kräftig abrubbeln, bis einem wieder warm wurde. Markus und Simon quetschten sich in den Kreis und ließen die Ausführungen einer Instruktorin über sich ergehen. Die Frau erzählte etwas von Motivation und Selbstüberwindung, Gemeinschaft und Immunsystem. Markus hörte nur mit halbem Ohr zu, das erste Eisbaden würde für ihn auch das letzte sein, niemals hätte er diesem Schwachsinn zustimmen dürfen, Simon stieß ihn an, die Instruktorin war zum zweiten Teil der Vorbereitung übergegangen, dem gemeinsamen Ein- und Ausatmen. Geräuschvoll sogen sie die Luft ein, geräuschvoll atmeten sie aus. Offenbar war es dazu notwendig, den Oberkörper auf und ab zu bewegen wie Vögel beim Balztanz. Sie sollten lernen, eine Weile ohne Sauerstoff auszukommen, ohne gleich in Panik zu geraten, erklärte die Instruktorin.

Markus schwante Übles. »Tauchen wir etwa unter?«, erkundigte er sich flüsternd bei Simon. Der schüttelte grinsend seine roten Locken: »Nein, der Kopf bleibt über der Wasseroberfläche.«

Na also, wo war das Problem? Warum sollte er aufhören zu atmen?

Inzwischen entledigten sich die anderen ihrer Kleidung. Vollständig, wie Markus registrierte. Er selbst hatte eine Badehose angezogen und gehofft, dass er sie anbehalten durfte.

»Nun mach schon!«, drängte Simon.

Markus' Chef war bereits nackt und präsentierte seinen glatt rasierten, modulierten Oberkörper. Markus guckte so unauffällig wie möglich nach unten. Natürlich, auch zwischen den Beinen war Simon überdimensional ausgestattet, alles an diesem Kerl gierte nach Rekorden.

Die Luft kam Markus eisig vor. »Alles ausziehen? Auch die ...«

»Runter mit der dummen Badehose«, kommandierte Simon. »Die anderen warten nicht ewig.«

Tatsächlich stand die Gruppe bereits konzentriert und in sich gekehrt am Ufer.

»Kleiner Tipp«, raunte Simon, »wenn das Wasser dir bis zu den Schultern reicht, leg die Hände hinter den Kopf und beweg dich so wenig wie möglich.«

»Okay«, nickte Markus. Bis zu den Schultern? So tief hatte er gar nicht ins Wasser steigen wollen.

Kaum hatten sie die anderen erreicht, brüllte die Gruppe los, als wollte sie eine Herde aufgeregter Büffel verscheuchen, und rannte ins Wasser. Markus tapste hinterher. Das eisige Wasser stach ihm in die Füße, in die Waden, in die Oberschenkel, in ... Mein Gott, war das kalt. Er spürte seine Zehen nicht mehr. Jetzt bloß nicht umkippen, unterzugehen wäre der Tod, er sah sich schon im schmutzig braunen Wasser dahindümpeln, in Schlingpflanzen verfangen. Seine Mitbadenden würden ihn nicht finden, ach was, sie würden ihn nicht mal vermissen, geschweige denn suchen, wahrscheinlich war der Grund des Sees voller Leichen, es reichte ja, wenn pro Eisbad ein oder zwei Übermütige verlorengingen. Markus stand jetzt bis zur Brust im Wasser, Simon hatte er aus den Augen verloren, der musste irgendwo weiter vorne sein. Wann hatte er eigentlich zuletzt geatmet? War das nicht schon eine ganze Weile her? Markus versuchte, Luft in seine Lungen zu pressen. Es klappte nicht, der Sauerstoff blieb knapp unterhalb des Kehlkopfs stecken. Vor seinen Augen wurde es milchig. Scheiße, nein, nicht ohnmächtig werden. Er musste raus, sofort. Eine Panikwelle schoss durch seinen Körper. Er drehte sich um, rannte zum Ufer, ohne zu atmen, atmen konnte er später immer noch. Und dann war er draußen, brach über seinem ausgerollten Badelaken zusammen, weinte in seinen Pullover.

Nach einer Weile merkte er, dass er anscheinend ohne größere Blessuren überlebt hatte. Nur kalt, kalt bis auf die Knochen, war ihm immer noch. Er rieb sich mit dem Handtuch ab, die Haut knallrot, zog seine Sachen an – und fror weiter. Wie lange würde es wohl dauern, bis ihm wieder warm wurde? In seinem Rucksack hatte er eine Thermosflasche mit heißem Tee, beim Eingießen verschüttete er vor lauter Zittern die Hälfte.

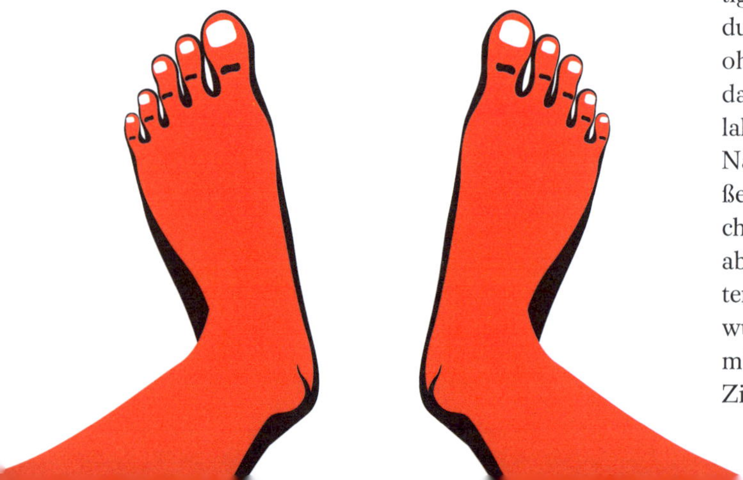

Hagen Simon kam eine Viertelstunde später aus dem Wasser, machte ein paar kurze Sprints zur Wiederbelebung der halb erfrorenen Glieder und ließ sich neben Markus auf sein Handtuch fallen. »Na, wie war's? Bist nach zwei Minuten wieder raus, oder?«

Auch Simon hatte sich knallrot verfärbt, und das mächtige Gerät zwischen seinen Beinen war zu einem Wurm verkümmert. Wenigstens gehörte der Typ nicht zum Geschlecht der Übermenschen.

»Aa ach, gaaanz gut«, sagte Markus. Doof, dass die Zähne klapperten.

Simon boxte ihn vor die Brust. »Wirst sehen, von Mal zu Mal läuft es besser.«

»Gla aaub nicht, daa dass es ein nächstes Mal giiibt.«

»Ach? Du willst aufgeben?« Simon streifte sein T-Shirt über und pflanzte sich im Schneidersitz vor seinen Schützling. »Ich hätte damals auch nicht gedacht, dass ich – nur in Shorts und mit nacktem Oberkörper – einen Halbmarathon durch Grönland laufen kann. Aber weißt du, was? Nach einigen Kilometern kam es mir vor wie das Normalste der Welt.«

»Toll«, sagte Markus.

»Und dann bin ich erst richtig auf diese Sachen abgefahren«, dozierte Simon weiter. »Der halbstündige Handstand auf der Zugspitze war noch eine der leichteren Übungen. Nichts im Vergleich zu dem Ultra-Marathon durch die Sahara.«

»Booah«, sagte Markus.

Simon redete und redete. Markus hörte gar nicht mehr zu. Er wollte nur noch nach Hause, sich um die Heizung wickeln und endlich wieder warm werden.

Nach dem traumatischen Eisbad-Erlebnis und Markus' Weigerung, der Tortur eine weitere folgen zu lassen, hatte Simon ihn nicht mehr aus den Fängen gelassen. Als wäre Markus der Einzige in der Abteilung, der seine Lektion nicht gelernt hatte, kritisierte Simon ihn immer wieder bei den Meetings, schaufelte ihm gleichzeitig die schwierigsten Aufgaben zu, verbunden mit Zeitvorgaben, die einfach nicht einzuhalten waren. Sosehr sich Markus auch mühte, er konnte nur verlieren. Von Woche zu Woche hasste er Simon mehr. Simon war morgens als Erster im Büro und ging abends als Letzter, seinem Gesicht war auch nach einem vierzehnstündigen Arbeitstag keine Spur von Müdigkeit anzusehen, nicht mal die gewollt strohige Frisur machte irgendwann schlapp. Menschliche Schwächen zeigten nur die anderen, in Hagen Simons Welt war dafür kein Platz.

Markus hatte ernsthaft erwogen zu kündigen. Obwohl es ihm in der Firma bis vor kurzem gut gefallen hatte, obwohl er mit allen außer Hagen Simon zurechtkam, obwohl er mehr als anständig verdiente, streckte er seine Fühler aus und testete seine Chancen bei der Konkurrenz. Das Ergebnis erwies sich als niederschmetternd. Lauter Absagen. Seine Gesprächspartner schoben andere Argumente vor, doch Markus ahnte, wo das wahre Problem lag: Mit seinen einundvierzig Jahren konnte er sich nicht mehr als hoffnungsvolles Talent verkaufen, für die jugendfixierte Branche war er schlicht zu alt.

Somit blieb nur die zweite Möglichkeit.

Morgen geht es weiter

Hier aufschlitzen

3. Dezember

Markus zwängte sich in seinen Taucheranzug. Seit dem Badeurlaub in Hurghada vor drei Jahren hatte er einige Kilo zugelegt, das Gummi zwackte und kniff in seine überall am Körper verteilten Fettpölsterchen. Er geriet ins Schwitzen – und das bei einer Außentemperatur von minus zwei Grad Celsius und böigem Wind. Das Wasser des Weißen Sees war gerade mal sechs Grad wärmer, aber diesmal würde ihm das nichts ausmachen. Er wollte sein Leben endlich wieder in den Griff bekommen.

Nicht mehr nachts schweißgebadet und mit klopfendem Herzen aus dem Schlaf schrecken, nicht mit Magenschmerzen in der U-Bahn stehen, nicht mit Panikattacken zur Firmentoilette flüchten. Stattdessen mal wieder ausschlafen, entspannt mit den Kollegen plaudern, ins Kino gehen, mit den alten Kumpels, die ihn mittlerweile kaum noch kannten, bowlen, all die Dinge tun, die er bis vor zwei Monaten für selbstverständlich gehalten hatte.

Endlich saß der Neoprenanzug fest verschlossen am Körper. Markus legte den Bleigürtel an und stapfte mit Taucherflossen und Druckluftflasche in den Händen zum Ufer. Es war noch früh, keine acht Uhr, erst in zwei Stunden würden Hagen Simon und die anderen Eisbader eintreffen.

Markus hatte sich eine Stelle neben dem Schwimmbad ausgesucht, die versteckt unter überhängendem Gebüsch lag, ein ganzes Stück entfernt vom nächsten Gehweg. Hier würde ihn so schnell niemand entdecken, hier konnte er in Ruhe abwarten.

Zwanzig vor zehn. Die ersten Unentwegten versammelten sich. Nicht so viele wie sonst. Kein Wunder, am 2. Weihnachtstag hatten sogar viele Selbstkasteiungsspezialisten Sinnvolleres zu tun, als in einen kalten See zu steigen: Familienbesuche, Plätzchen knabbern, mit den Liebsten durch die eisige Winterlandschaft spazieren. Auf Hagen Simons Prioritätenliste, da war sich Markus sicher, standen derlei Aktivitäten weit unterhalb von Arbeit und sportlichen Aktivitäten. Für ein mehrwertloses Familientreffen würde Simon kaum auf sein gewohntes Eisbad verzichten.

Und tatsächlich, ein paar Minuten später leuchteten die roten Locken zwischen den kahlen Baumstämmen auf. Der große Meister trabte wie üblich in Shorts und T-Shirt heran und entledigte sich nach der kurzgehaltenen Einführungsphase auch dieser letzten Kleidungsstücke.

Markus glitt ins Wasser. Mit Hilfe des Tauchkompasses bestimmte er die Richtung, dann setzte er die Taucherbrille auf und biss in das Mundstück des Luftschlauchs. Es konnte losgehen.

Markus zwang sich, vorsichtige Flossenschläge zu machen und kontrolliert zu atmen. Im trüben Seewasser war er zwar nicht zu erkennen, allerdings hätten ihn Wirbel und Luftblasen verraten können. Dabei wäre er am liebsten vorwärtsgeschossen und hätte es hinter sich gebracht. Sein Herz klopfte bis zum Hals, vor lauter Aufregung spürte er kaum die Kälte. Trotzdem fühlte er eine tiefe Entschlossenheit. Es gab keine Alternative. Sogar den Tag der Ausführung hatte er mit Bedacht gewählt. Am 2. Weihnachtstag waren weniger Menschen unterwegs und die Polizeistationen geringer besetzt. Genervte, übellaunige Polizisten bedeuteten gedrosselte Aufmerksamkeit und größere Chancen, unentdeckt zu entkommen.

Hagen Simon in der schlammigen Brühe zu identifizieren stellte das geringste Problem dar. Markus' Peiniger ging immer am weitesten in den See hinaus, stand ein paar Meter vor allen anderen. Markus pirschte sich heran, bis er nur noch eine Armlänge von Simon entfernt über dem Grund schwebte. Es bestand kein Zweifel, Markus erkannte die glatt rasierten Beine seines Chefs, weiß und stramm standen sie auf dem Seeboden. Mit zitternder Hand zog Markus ein Seil aus der Gürteltasche. Einen Moment lang dachte er darüber nach, die Aktion abzublasen, noch konnte er zurückschwimmen. Anfang Januar im Büro erscheinen, als wäre nichts gewesen. Die Demütigungen weiter ertragen.

Markus legte das Seil locker um Simons Beine, knüpfte einen Knoten und zog zu. Jetzt musste es schnell gehen. Markus riss so heftig am Seil, dass Simon den Halt verlor und sein Kopf unter Wasser tauchte. Sofort setzte sich Markus mit kräftigen Flossenschlägen in Bewegung, schleppte den wild um sich schlagenden Mann Richtung Seemitte. Hier war das Wasser am tiefsten. Markus tauchte ab.

Dunkelheit. Markus keuchte. Er sah Simon nicht mehr. Bekam Panik, dass der ihn angreifen, ihm die Brille oder das Mundstück vom Kopf reißen könnte. Weiter. Nicht nachlassen. Solange das Seil zwischen ihnen straff blieb, kam Simon nicht an ihn heran.

Simon kämpfte, aber er verlor. Nach und nach wurde sein Widerstand schwächer. In Markus' Taucheranzug floss mittlerweile mehr Schweiß als Seewasser, jeder einzelne Muskel schmerzte, das Herz pumpte. Und dann war endlich Ruhe. Markus wartete noch eine weitere Minute, bevor er das Seil löste und sich davonmachte. Er fühlte sich vollkommen ausgelaugt – und euphorisch. Er hatte den großen Hagen Simon besiegt.

Der Rest war eine reine Geduldsprobe. Er musste in seinem Versteck am Ufer ausharren, bis die Polizeitaucher eintrafen und den See absuchten. Wer konnte schon einen Taucher von einem anderen unterscheiden? Niemand würde Verdacht schöpfen, wenn er an Land klettern und sich entfernen würde. Es dauerte bis zum frühen Nachmittag, wahrscheinlich mussten die Polizeitaucher erst vom Weihnachtsschmaus weggelockt werden. Halb erfroren, aber immer noch beseelt von der Vorstellung, bald wieder ein freier Mensch zu sein, hievte sich Markus aus dem Wasser, klemmte sich seine Ausrüstung unter den Arm und schlenderte so lässig wie möglich durch den Park zu seinem Leihwagen.

Dort standen zwei uniformierte Polizisten – und Hagen Simon. Simon trug einen ausgeleierten Polizei-Trainingsanzug und sah ihn aus blutunterlaufenen Augen vorwurfsvoll an. Wie war das möglich? Markus taumelte und musste sich an einem Strauch festhalten. »Wie … wieso …«

»Toller Einsatz«, sagte Simon. »So viel Engagement hätte ich mir von dir auch im Job gewünscht. Dein Pech, dass du mir nicht zuhörst. Ich bin sicher, ich habe dir erzählt, dass ich beim Eistauchen in der Antarktis einen Weltrekord im Luftanhalten aufgestellt habe. Sieben Minuten und dreizehn Sekunden.«

Ende

Hier aufschlitzen

4. Dezember

SABINE THOMAS

Still ruht der See

Leise rieselte der Schnee, still und starr ruhte der See. Amelie Bichl stand am Küchenfenster und blickte in die winterliche Landschaft hinaus. Zum ersten Mal seit vielen Jahren war der Ammersee schon kurz vor Weihnachten komplett zugefroren, seit Tagen schneite es ununterbrochen. Nachbar Hansen räumte unermüdlich schon seit Stunden mit seinem neuen Alu-Schneeschieber die Schneemassen vor seinem Grundstück beiseite. Früher hatte er das nie getan, bis ihr Mann Anton vor drei Jahren vor Hansens Grundstück auf Glatteis ausgerutscht war, weil er eine Gans einfangen wollte, die beim Füttern aus dem Stall ausgebüxt war. Damals hatte sie auch gerade aus dem Küchenfenster geschaut und beobachtet, wie ihr Mann sich nach der Uschi gebückt und schon die Hände um ihren fetten Bauch gelegt hatte, als die Gans sich mit einem kühnen Satz in einen Schneehaufen dem Zugriff entzogen hatte. Daraufhin hatte Anton natürlich das Gleichgewicht verloren, war ausgerutscht und ganz böse kopfüber auf die Schnauze gefallen. Zuerst hatte sie laut aufgelacht, aber dann hatte sie das schmerzverzerrte Gesicht vom Anton gesehen und war hinausgeeilt. Auch der Nachbar Florian Hansen, ein junger Berliner Architekt, war aus dem Haus gekommen, um zu sehen, was los war. Zu zweit hatten sie dem Anton auf die Beine geholfen, was wegen des total vereisten Gehweges nicht so einfach war. Der Anton hatte sich Knie und Handgelenke geprellt, die ohnehin schon durch langjährige Klempnertätigkeit lädierte Bandscheibe war verrutscht und Anton wurde von dem netten Hausarzt daraufhin sechs Wochen krankgeschrieben. Die Versicherung hatte den Nachbarn verklagt, weil er seiner Räumpflicht nicht nachgekommen war, und der Anton hat dann auch noch privat ein sattes Schmerzensgeld und Verdienstausfall eingeklagt. Seitdem herrschte Krieg am Gartenzaun.

Nachbar Hansen hat plötzlich die kleine Geflügelzucht und die Bienenzucht von Bichls gestört, die er anfangs noch so »idyllisch« gefunden hatte, als er im Sommer vor dem unglückseligen Unfall mit seiner Frau und seiner kleinen Tochter Felicitas nach Bayern aufs Land gezogen war, um dem Berliner Großstadtmief zu entkommen. Plötzlich gab es Beschwerden beim Ordnungsamt, Anzeigen beim Landratsamt, und sogar die Polizei wurde eingeschaltet, wenn der Jockel ab vier Uhr nachts gekräht hatte. Geruchsbelästigung, Belästigung durch Bienen (Felicitas war schwer allergisch gegen Bienenstiche), nächtliche Lärmbelästigung durch den Hahn. Ihr Mann, der Anton, hat dann gleich nach der letzten Verhandlung vor dem Amtsgericht Starnberg, wo der Klage des Nachbarn wegen der Bienen stattgegeben wurde, auf dem Kleintiermarkt in Weilheim eine Herde von fünf Höckergänsen erworben. Die schrien sich bei jeder kleinsten Bewegung in der Umgebung die Seele aus dem Leib und machten so viel Radau, dass Amelie und Anton schon selbst mit den Nerven am Ende waren. Schon die alten

Römer hatten Höckergänse anstelle von Wachhunden gehalten, um Rom zu bewachen, weil sie noch viel sensibler waren als Hunde und beim kleinsten Anlass minutenlang anschlugen. Die Höckergänse waren die Hölle auf Erden. Aber die Nachbarn ließen sich auch dadurch nicht vertreiben. Eine Zeit lang hing zwar ein Schild mit dem Aufdruck »Zu verkaufen« eines Immobilienmaklers am Zaun, aber das Schild verschwand eines Tages, und die Hansens waren immer noch da.

Als Rache für die Höckergänse hatte sich Nachbar Hansen einen motorbetriebenen Laubbläser und einen Hochdruckreiniger zugelegt, der die Höckergänse und Amelie in den Wahnsinn trieb. Anton hatte daraufhin die Höckergänse auf zehn Stück aufgestockt, was zur Folge hatte, dass Nachbar Hansen seinem Maschinenpark noch einen Grastrimmer hinzufügte, der ebenfalls einen schier ohrenbetäubenden Lärm machte. Anton war seinerseits vom Hackebeil auf Kreis- und Motorsäge umgestiegen, wenn er das Holz machte, und er machte viel Holz für die langen kalten Winter. Er machte so viel Holz, dass er es auch noch verkaufen konnte, über Mundpropaganda. Das brachte ihm auch noch neue Kunden für seine Eier von glücklich freilaufenden Hühnern und massenhaft Bestellungen für Weihnachtsenten und Weihnachtsgänse.

Nachts, wenn Amelie schlaflos im Bett lag, weil der Jockel sie wieder um vier Uhr früh mit seinem markerschütternden Hahnenschrei aus ihren Träumen gerissen hatte, starrte sie oft stundenlang an die Zimmerdecke und dachte nur, dass das alles aufhören musste. Alles.

An Fronleichnam, als es wieder einmal einen heftigen verbalen Schlagabtausch am Gartenzaun gegeben hatte, weil Nachbar Hansen faule Eier auf den Hühnerstall geworfen hatte, was eine rechte Sauerei war, hatte der Anton stundenlang aus dem Fenster zum Nachbarhaus rübergestarrt und immer wieder gemurmelt: »Die müssen weg.«

Und als Amelie ihn wieder und wieder gefragt hatte, wie das alles weitergehen sollte, hatte er gesagt: »Mir fallt schon no was ein.«

Erst neulich, am 1. Advent, als sie wieder gefragt hat, hat er gegrinst und gesagt: »Wartaweil.«

Wartaweil war der Name eines kleinen Ortes am Ammersee, dessen Name vermutlich von den Fischern abstammte, die in früheren Zeiten mit ihren Booten die Pilger, die nach Andechs wollten, vom Westufer zur Weißen Säule am Ostufer bei Herrsching übergesetzt hatten. Wenn ein Boot voll war, hatten die Fischer den Zurückgebliebenen angeblich zugerufen: »Wart's a Weil!« – und seitdem hieß der Uferstreifen so, an dem inzwischen kleine Wochenendhäuschen großen Villen gewichen waren. Amelies Traum war immer ein Häusl in Wartaweil gewesen, von ihrem Küchenfenster am Westufer aus konnte sie über den See bis nach Wartaweil rüberschauen, es war ihr Codewort für »kleines Paradies«.

Aber so, wie Anton es sagte, klang es mehr wie eine Drohung, es erinnerte Amelie an das böse Lied »Warte, warte nur ein Weilchen …«

Sie hat nicht mehr gefragt.
Einen Tag vor Heiligabend trat der Anton ganz leise hinter sie, als sie wieder mal hinter der Gardine stand und hasserfüllt zum Nachbarn rübergeschaut hatte, weil der wieder seine Mülltonne so saublöd auf die Straße gestellt hatte, dass der Anton mit seinem Auto nicht mehr vor dem Haus parken konnte. Nach einer Weile murmelte er: »Jetzt ist es so weit.« Sie schaute ihn fragend an, und er sagte nur: »Der kriegt zu Weihnachten eine schöne Gans von uns. Dann ist endlich a Ruah.«
Danach war er wortlos im Stall verschwunden, und die Höckergänse hatten einen Riesen-Radau gemacht. Als er zurückkam, legte er eine tote Gans auf den Tisch.
Sie fragte nichts, rupfte dem Tier die Federn aus, nahm die Gans fachgerecht aus, füllte sie mit Äpfeln aus dem eigenen Garten und schob sie in den Backofen. Dazu kochte sie Blaukraut und Kartoffelknödel nach dem Rezept ihrer Oma.

Als der verführerische Duft der gebratenen Weihnachtsgans das Haus erfüllte, kam Anton in die Küche, setzte sich an den Tisch, holte einen kleinen Lederbeutel hervor, öffnete ihn umständlich und ließ vorsichtig ein paar Pflanzensamen auf den Tisch rieseln.
»Leise rieselt das Gift ...«, sang er leise, und Amelies Herz blieb vor Schreck beinahe stehen.
»Was ist das?«, fragte sie.
»Wächst alles ganz legal in unseren Gärten. Schaut schön aus und ist schön giftig. Hab ich den ganzen Sommer über sammelt.«
Amelie starrte auf die Blütensamen.
»Mach dich fertig. Und dann machen wir einen kleinen Nachbarschaftsbesuch.«
Amelie zog still die Kittelschürze aus und ging ins Schlafzimmer, um sich umzuziehen. Ihr war nicht ganz wohl bei der Sache.

Als sie zurückkam, setzte sie sich ins Wohnzimmer und wartete. Das laute Ticken der Kuckucksuhr an der Wand war das einzige Geräusch im Haus.
»Gemma«, sagte der Anton schließlich und setzte seinen Hut auf. Amelie ging in die Küche, nahm die kunstvoll bemalte Bratreine aus Keramik, die sie erst an Christi Himmelfahrt auf dem Dießener Töpfermarkt erstanden hatte, und ging hinter Anton her, der vor ihr durch den Schnee stapfte. Am Gartentor drehte er sich um.
»Alles so wie besprochen«, sagte er, und Amelie nickte. Sie fror.
Anton ging den akkurat geräumten Weg zur Haustür der Nachbarn und klingelte. Amelie folgte mit gesenktem Haupt. Es dauerte eine Weile, bis die Tür geöffnet wurde. Frau Hansen schien jemand anderen erwartet zu haben, ihr fröhliches Lächeln erstarb.
»Florian, kommst du mal«, rief sie über die Schulter ins Haus hinein.
»Wir backen gerade Weihnachtsplätzchen!«, krähte die kleine Felicitas, die aus der Küche gelaufen kam und sich an das Bein der Mama klammerte. Sie war über und über mit Puderzucker und Mehl bestäubt.
Im Hintergrund tauchte Herr Hansen auf. »Geh in die Küche«, sagte er zu seiner Frau, aber sie blieb trotzig stehen.

»Wir wünschen Ihnen ein gesegnetes Weihnachtsfest«, sagte Amelie, und ihre Stimme zitterte leicht. Sie bemühte sich, ihren bayerischen Dialekt zu unterdrücken und nach der Schrift zu reden, so wie die Nachbarn aus dem hohen Norden.

»Mit dieser selbstgebratenen Gans möchten wir uns symbolisch bei Ihnen entschuldigen für den Lärm, den unsere Gänse und der Jockel gemacht haben. Wir versprechen hoch und heilig, dass wir im nächsten Jahr keine Gänse und keinen Gockel mehr halten. Weil wir das Kriegsbeil endlich begraben wollen. Wir wollen doch auch Ruhe und Frieden. Und weil Weihnachten das Fest der Nächstenliebe ist, möchten wir hiermit den Anfang machen. Symbolisch.«

Der Schnee fiel lautlos. Frau Hansen schaute ihren Mann an. Der holte tief Luft.

»Das ist ja alles schön und gut«, sagte er mühsam beherrscht, und auf der Stirn schwoll eine Ader an. »Aber Ihre Weihnachtsgans, die können Sie …«

»… uns sehr gerne überreichen, wir nehmen die Entschuldigung gerne an«, ergänzte seine Frau rasch und stieß ihren Mann unauffällig in die Seite. Sie zwang sich zu einem Lächeln. »Wir freuen uns sehr über diese symbolische Geste und hoffen ebenfalls, dass hier bald wieder Ruhe und Frieden herrschen.«

Sie streckte ihre Hände aus und nahm die Reine entgegen.

»Vielen Dank und frohe Weihnachten.«

Morgen geht es weiter

Hier aufschlitzen

5. Dezember

Sie drehte sich um und ging zurück ins Haus, nicht ohne ihrem Mann einen warnenden Blick zuzuwerfen. Der setzte noch einmal an, ließ es aber dann bleiben und schloss leise die Tür.
Amelie und Anton blickten sich an. Dann drehten sie sich um und gingen schweigend zurück in ihr Haus. Amelie betete still.

»Bist du von allen guten Geistern verlassen?«, schrie Florian Hansen. »Wie kannst du dieses unverschämte Geschenk annehmen? Die wollen uns doch nur verarschen! Oder glaubst du etwa ein Wort von dem, was die gesagt haben? Die wollen doch nur, dass wir die laufende Klage zurückziehen! Die Frist läuft nämlich an Silvester ab!«
»Schrei nicht so!«, brüllte Wiebke zurück. »Und wenn schon? Wie ziehen die Klage zurück, die schlachten ihre Viecher, und dann ist endlich Ruhe. Das ist es doch, was wir wollen, oder nicht?«
»Ich glaub denen kein einziges Wort!«, schrie Florian. »Hast du gesehen, wie der geschaut hat? Da war nix von Reue und Friedfertigkeit. Das war pure Hinterhältigkeit und Bosheit, der blanke Hass!«
Wiebke rollte mit den Augen. »Ja, schon«, gab sie zu. »Aber vielleicht hat seine Frau auf ihn eingewirkt. Wir Frauen sind ja harmoniebedürftiger als ihr blöden Männer. Und vielleicht haben sie tatsächlich eingesehen, dass sie hier die ganze Idylle vergiften mit ihrem Lärm und Gestank. Vielleicht geht es ihnen selbst langsam auf die Nerven. Irgendwann muss doch Schluss sein mit diesem Krieg!«
Sie setzte die Reine auf den Tisch, hob den Deckel an und schnupperte. Der Duft von gebratenen Äpfeln, Blaukraut und knuspriger Gans erfüllte den Raum.
»Eins muss man ihr lassen: Kochen kann sie«, sagte Wiebke anerkennend. Florian war ebenfalls näher gekommen. »Duftet nicht schlecht ...«, sagte er mit bebenden Nasenflügeln, und Wiebke sah, wie ihm förmlich das Wasser im Munde zusammenlief.

Amelie bekreuzigte sich vor dem Jesus, der an einem Kreuz über der Küchentür hing. Dann räumte sie mechanisch auf, putzte sinnlos die ohnehin schon blitzblanke Küche. Anton kam herein und holte eine Flasche Bier aus dem Kühlschrank. »Und?«, fragte er. Amelie sah ihn nicht an, scheuerte das Spülbecken.
»Vielleicht essen sie die Gans erst morgen, am Heiligen Abend. Oder am ersten Weihnachtstag.« Er trat ans Fenster und schaute zu den Nachbarn hinüber. Im Esszimmer brannte Licht.
»Sie essen jetzt«, sagte er.
Amelie bekreuzigte sich.
»Deinen Kochkünsten kann eben niemand widerstehen …«, sagte Anton und trat von hinten an seine Frau heran.

Wiebke und Florian Hansen schauten sich an. »Sollen wir?«, raunte sie.
Er schloss die Augen, kämpfte mit sich und schüttelte dann heftig den Kopf. »Nein, nein, nein und nochmals nein! Wir haben uns geschworen, nie wieder Fleisch zu essen. Und wegen dieser Deppen werden wir unsere Prinzipien nicht über Bord werfen. Schmeiß das Viech in den Müll.«

Damit verließ er den Raum. Wiebke kämpfte mit sich, sog tief den herrlichen Duft der Weihnachtsgans ein. Felicitas reckte ebenfalls ihr Stupsnäschen in die Luft. »Mhmmmmm«, machte sie. »Mag probieren!«

Wiebke wartete, bis die Lichter im Nachbarhaus gelöscht waren. Während Florian vor dem Fernseher saß und eine amerikanische Krimiserie ansah, zog sie Boots und einen Mantel an und schlich sich aus dem Haus. Vorsichtig trug sie ein größeres Paket vor sich her, vorbei am Haus der Bichls, überquerte die Straße und legte das Paket vor einem kleinen Häuschen ab, in dessen Dachkammerl noch Licht brannte. Der Schnee knirschte unter ihren dicken Sohlen. Eine Katze folgte in einigem Abstand ihren Fußspuren im Schnee.

Amelie hatte die ganze Nacht kein Auge zugetan. Immer wieder war sie aufgestanden und rastlos durch das Haus gewandert. Hatte mit dem Jesus über der Küchentür Zwiesprache gehalten. Immer wieder waren ihre Blicke aus dem Fenster zum Nachbarhaus gewandert. Irgendwann mitten in der Nacht ertönten Signalhörner vom Notarzt oder von der Polizei, kamen näher, entfernten sich wieder. Ihr Herz raste.

Es klingelte an der Tür. »Ich geh schon«, rief Amelie. Komisch, normalerweise hörte sie den Postboten immer, bevor er klingelte. Er pfiff nämlich immer gerne fröhlich vor sich hin. Aber vielleicht war es eine Aushilfe, gerade an Weihnachten war ja viel mehr Arbeit als sonst.
Sie öffnete die Tür und erstarrte.

Vor ihr stand Wiebke Hansen, daneben die kleine Felicitas. »Guten Tag, Frau Bichl. Vielen, vielen Dank für die wunderbare Gans. Sie war wirklich gaaaaanz fantastisch! Hier haben Sie Ihre schöne Reine, gereinigt natürlich. Sie brauchen sie bestimmt über die Feiertage. Sie sind eine wunderbare Köchin! Bei Gelegenheit müssen Sie mir unbedingt das Rezept verraten. Und als kleines Dankeschön haben meine Tochter und ich selbst gebackene Weihnachtskekse für Sie eingepackt. Wir hoffen, sie schmecken Ihnen! Also, noch mal vielen Dank und schöne Weihnachten!«

Damit drückte sie der erbleichten Amelie die Reine in die Hand, und Felicitas hielt eine liebevoll verpackte und mit bunten Sternchen bedruckte Tüte mit Keksen hoch. »Die sind für dich!«, sagte sie mit ihrem Piepsstimmchen. »Die haben wir gestern selbst gemacht!«

Amelie nahm dem kleinen Mädchen die Tüte mit den Keksen aus der Hand. Ihre Hände zitterten leicht. »Danke«, stammelte sie. »Das … wäre aber gar nicht nötig gewesen ...«

Aber Wiebke und Felicitas waren schon wieder weg, stiegen in das Familienauto, das mit laufendem Motor vor dem Haus gewartet hatte. Felicitas winkte. Amelie schaute dem Auto hinterher. Sie fröstelte.

Anton kam aus dem Wohnzimmer.

»Wer war das?«, fragte er und starrte entsetzt auf die blank geputzte Reine.

»Die Hansens«, erwiderte Amelie tonlos.

Beide schwiegen und starrten dem SUV hinterher, der schon längst hinter der Kurve verschwunden war.

»Das wirkt langsam«, sagte Anton düster. »Aber es wirkt.«

Jockel krähte.

»Hast du im Hotel angerufen und gesagt, dass wir etwas später eintreffen?«, frage Florian, während sie auf der Salzburger Autobahn im Stau standen. Wiebke nickte abwesend.

»Jaja.« Es ging eine Autolänge weiter, dann standen sie wieder.

»Hoffentlich schauen die Bichls nicht in unsere Mülltonne und entdecken dort die Gans«, sagte Florian. »Sonst ist der Frieden wieder beim Teufel.«

Wiebke lächelte sibyllinisch. »Keine Angst, sie werden die Gans nicht finden.«

Florian schaute sie schnell von der Seite an. »Warum bist du da so sicher?«

»Weil ich sie nicht in die Mülltonne geworfen habe.«

Anton drückte die Klingel. Es dauerte eine Weile, bis die Tür geöffnet wurde.

»Kommt's rein«, sagte Frieda Roth, die seit zwei Jahren Witwe war. Seitdem kümmerten sich Amelie und Anton um die kinderlose alte Frau, die ein hübsches kleines Häuschen mit großem Garten besaß. Besonders an den Feiertagen besuchten sie sich immer gegenseitig. Diesmal waren die Bichls am ersten Weihnachtstag bei Frau Roth zum Mittagessen eingeladen.

Amelie überreichte ihr eine Flasche Wein und eine liebevoll verpackte und mit bunten Sternen bedruckte Tüte. »Ein kleines Mitbringsel. Wein und selbstgebackene Weihnachtskekse!«

Frau Roth nahm die Geschenke gerührt entgegen. »Ach,

das wäre doch nicht nötig gewesen! Vielen Dank! Dann haben wir ja gleich zum Kaffee ein paar Kekse!«
Sie ging voran, das Gehen fiel ihr sichtbar schwer. Anton und Amelie warfen sich einen Blick zu.
»Das Essen ist schon fertig!«, gurrte Frieda Roth und öffnete die Tür zum Esszimmer, das mit dem Duft einer gebratenen Gans angefüllt war. »Setzt euch, fangt an, sonst wird's kalt!«

Florian stand im Schlafanzug auf dem Balkon des Skihotels und blickte in die sternklare Nacht hinaus. Wiebke trat zu ihm, sie hatte sich in einen flauschigen Bademantel gehüllt.
»Kannst du nicht schlafen?«, fragte sie.
Er drückte seine Zigarette aus. »Meinst du, die Kekse wirken schon?«
Wiebke schmiegte sich an ihn. »Ich denke schon. Die Dosis müsste genügen.«
Er seufzte. »Und du bist ganz sicher, dass man das Gift nicht nachweisen kann?«
Wiebke nickte. »Das hab ich im Praktikum von meiner alten Apothekerin gelernt. Es gibt so viele harmlose Substanzen, die ab einer gewissen Dosis tödlich sein können. Die Dosis macht das Gift. Und es wirkt ganz langsam.«
Florian blickte in den Himmel. »Endlich Ruhe … und zwar für immer!«

Frieda Roth winkte Anton und Amelie hinterher. Die Weihnachtsgans war köstlich gewesen. Wie nett von den Hansens, ihr ein Paket mit einem fertigen Weihnachtsmenü vor die Tür zu legen! In einem Begleitbrief hatten sie erklärt, dass sie überraschend zu Weihnachten eine Skiwoche in Österreich geschenkt bekommen hatten und nun ihre bereits vorbereitete Weihnachtsgans nicht selber essen könnten. Aber vielleicht konnten sie ihr damit eine kleine Freude für die Weihnachtstage machen … So musste sie nicht extra für Anton und Amelie kochen und einkaufen, das war ihr sowieso alles langsam zu viel. Sie schaffte es ja kaum, für sich selbst zu sorgen, und eigentlich wollte sie die Einladung schon zurücknehmen. Die Gans hatte der Himmel geschickt! Anton und Amelie hatten sie auch mit großem Appetit verspeist und ihre Kochkünste gelobt. Sie hatte das Rezept noch ein bisschen verfeinert und noch eine Flasche Weißwein in die Sauce hineingekippt. So schmeckte die Gans noch besser, und dieser leicht bittere Geschmack, den sie mit ihrer feinen Zunge beim Probieren wahrgenommen hatte, war gar nicht mehr bemerkbar gewesen.

Zum Kaffee wollten die beiden dann nicht mehr bleiben. Auch gut, dachte Frieda Roth, ich soll eh nicht so viel Kaffee trinken, hat Dr. Meier gesagt, und Kekse darf ich auch schon lange nicht mehr essen. Die schenke ich vielleicht den Hansens als Dankeschön für die wunderbare Weihnachtsgans. Oder dem netten Postboten, der immer so fröhlich pfeift. Der freut sich bestimmt.

Ende

Hier aufschlitzen

6. Dezember

HARRY KÄMMERER

Last Christmas

Frühabendsonne klebt Millimeter über den Hausdächern Obergiesings. Fällt waagrecht in die Oberlichter des Hinterhofstudios der Trauerhilfe Miller. Dort zwei Künstler am Werk. Der »geile« Andi, glühendster Sechzger-Fan aller Zeiten, blondierter Vokuhila, stattliche Körpergröße, bescheidener Körperumfang, ein Hauch vogelscheuchig. Sechzger-Schal gebunden wie Seidentuch. Neben dem geilen Andi, gerade vertieft in die Mechanik des Eichensargdeckels: Diego, eins sechzig groß und eins sechzig Umfang, der zweitglühendste Sechzger-Fan dieses Planeten. Optisch gemischtes Doppel, sonst Herz und Seele.

»1860 gegen Pauli, das war schon scheiße, gell, Andi?«

»Kannst laut sagen. Gibst du mir mal des Schminkset?«

Diego reicht ihm Puder und Quaste.

»Also, schöner wird der nimmer«, meint Andi nach ein paar Versuchen mit sehr viel Puder und Camouflage. Die zahlreichen Vulkankegel auf der grauen Haut des Horizontalen lassen sich nicht wirklich zukleistern.

»Ist er daran gestorben?«, fragt Diego.

»Woran?«

»An den Pickeln.«

»Geh, Diego!«, schnaubt Andi.

Aber Diego meint es ernst. »So fette Teile hab ich noch nie gesehen. Die sind echt krass.«

»Da musst du erst mal sein Ding sehn.«

»Kann man da auch Akne kriegen?«

»Man kann alles. Klappt das jetzt mit der Technik?«

»Logisch.« Diego nimmt die Fernbedienung und drückt. Knirschend öffnet sich der Sargdeckel. »Muss man noch ölen.«

»Schmarrn, der Sound ist super. Passt doch voll gut.«

Diego schraubt weiter an dem kleinen Elektromotor, der für die Special Effects sorgen soll, und befestigt schließlich eine Leuchtkugel mit bunten Dioden darauf.

Andi legt das Schminkset beiseite und wischt sich die Hände am Kittel ab. »Hilf mir mal beim Anziehen.«

Es ist keine leichte Aufgabe, das tätowierte haarige Monster in die Lederkluft zu zwingen. Zu viele Kilos beziehungsweise zu enger Dress. Verzweifelt versuchen sie, den Hosenbund über der fetten Wampe zu schließen. Als es endlich geschafft ist, geht Diego respektvoll auf Abstand.

»Was ist los, Diego? Wir sind noch nicht fertig.«

»Wenn der Knopf losschnalzt, möcht ich nicht in der Schusslinie sein.«

»Geh, Schmarrn. Komm, wir legen ihn rein.«

Gesagt, getan. Jetzt Rauchpause.

Sie gehen in den Hinterhof. Winterhimmel blutorange. Es riecht nach Schnee. Nach fünf Minuten Nikotinschwaden wie Nebel über dem Hochmoor. Inversionswetterlage.

»Wann müss ma da sein?«, fragt Diego.
»Um zehn.«
»So spät?«
»Late-Night-Gig.«
»Dann könn ma vorher noch zum Macky! Im neuen Kindermenü ist was von Pocahontas.«
»Mann, Diego, werd endlich erwachsen!«
»Niemals! Komm, ich hab Hunger.«

Als sie an ihre Wirkungsstätte zurückkehren, sehen sie schon von Weitem den Subaru ihres Chefs Josef Miller in der Einfahrt. Auf der Heckscheibe ein großer Aufkleber in Neongelb: TRAUERHILFE MILLER – *Eventbeerdigungen aller Art*. Und als sie das Büro betreten, hören sie den Chef auch sogleich.
»Sauber, wo kommt s' ihr jetzt her?«
»Weiterbildung. Totes Fleisch und seine Zubereitung.«
Miller sieht Andi blöd an.
»Vom Macky«, erklärt der.
»Na, Mahlzeit. Und, was macht unser Urga?«
»Kämpft gegen Außerirdische.«
»Lass den Scheiß, Andi. Ist die Leiche fertig?«
»Sie heißt wirklich Urga?«
»Er. Vielleicht nur sein Clubname, keine Ahnung. Also, ist er fertig?«
»Logisch. Tipptopp. Eine echte Schönheit.«
Sie gehen in die heilige Halle. Diego knipst das Licht an. Neonröhren zappen, britzeln, summen. Dann grelles, kaltes Licht.
»Wie ist er eigentlich ums Leben gekommen?«, fragt Diego den Chef.
»Schießerei. Hast du das Loch im Bauch nicht gesehn?«

»Der Andi hat ihn zurechtgemacht.«
Andi nickt. »So ein Loch ist nicht schlecht. Da hast du wenigstens kein Problem mit den Faulgasen.«
Diego nickt nachdenklich. »Hoffentlich gibt's heute Abend keinen Stress.«
Andi sieht ihn erstaunt an. »Wieso?«
»Na, Clubs und so. Bei Gangs gibt's doch ständig Schießereien. Denk nur an Mafiabeerdigungen. Wenn alle mal auf einem Haufen sind, kommen die andern und mähen sie nieder.«
»Geh, Schmarrn, Diego. Lies halt nicht immer die Scheißkrimis! Mafia!«
PENGGG!
Alle werfen sich zu Boden. Das Geschoss durchschlägt eine der Neonröhren, die – *pofff!* – explodiert. Feinglasregen. Das Geschoss klickert zu Boden, bleibt auf dem Estrich vor Andis Gesicht liegen. Er starrt es an. Großes Kaliber. Er grinst – der Hosenknopf des bedauernswerten Ledermonsters. Andi steht auf. »Entwarnung, nur ein letzter Salut.« Er drückt Diego den Knopf in die Hand. »Glücksbringer.«

Miller sieht auf die Uhr. »Jetzt schleicht s' euch langsam. Pünktlichkeit ist eine Zier.«
»Ist eh gleich in Pfaffenhofen.«
»Täusch dich da mal nicht, Andi. Der Verkehr bei Neufahrn.«
»Schaff ma scho. Los, Diego, Deckel drauf.«

»Oh, mei, so a Scheiß«, sagt Andi, als sie bei Neufahrn im Stau stecken.
»Ach, ist doch ganz stimmungsvoll.« Diego deutet zu dem Laster rüber, in dessen Fahrerkabine ein Plastikweihnachtsbäumchen hektisch die Farben wechselt.
»Entzückend. Uhrenvergleich?«
»Viertel nach acht. Des schaff ma lässig.«

Von wegen lässig. Als sie kurz nach neun am Clubhaus vom *Wotan Clan* ankommen, wartet der Präsident der Biker schon am Tor. »Wird auch langsam Zeit.«
»Die letzte Reise ist recht weit, dafür nimm dir etwas Zeit.«
»Halts Maul!«, weist der Präsident Andi zurecht. Andi bleibt professionell höflich. »Wo dürfen wir den Herrn aufbahren?«
»Vor der Bar. Gerade durch.«
Sie betreten den ehemaligen Lagerraum. Ein paar disparate Sitzmöbel, ein kaputter Kicker, ein sehr alter Flipper und ein Billardtisch mit Brandflecken im geflickten Tuch. Die Bar ein aus weißen Ytong-Steinen und Riffelblechen zusammengeschustertes Designerstück zweifelhafter Handwerkskunst – vulgo: Pfusch. Aber beeindruckendes Schnapsregal. Und vor dem Tresen halb nackte Muskelpakete an Leder.
»Sauber«, murmelt Diego und sieht seinen Atemwölkchen

nach, die immer transparenter werden und dann verschwinden. Das Temperaturempfinden der Biker nötigt ihm Respekt ab. Sicher sensible Typen.
Sie bauen den Sarg vor der Bar auf.
»Hey, da sieht man ja nix«, nölt einer.
Sogleich ergreifen die Lederboys den Sarg und stellen ihn auf den Tresen.
Andi grinst und steckt sich eine Zigarette an. »Ihr seid der Boss.«
»Die Bösse«, korrigiert ihn Diego.

Donnergrollen aus sarggroßen Boxen kündigt den Beginn der Trauerzeremonie an. Die Biker nehmen vor der Bar Aufstellung, lassen eine Gasse in der Mitte frei. Das Schlagzeug von *Walhalla's Destiny* zerstückelt die nikotinschweißige Kaltluft. Gesang trifft es bei den gerülpsten Versen nicht wirklich.

Ich fahre rechts,
ich fahre rechts,
auf Geisterfahrt
mag ich es hart.
Wenn es dann knallt,
wird mir nicht kalt,
mich macht das heiß
in echt, kein Scheiß!
Yeah, yeah, Jenseits!
Wenn ich losheiz
auf Geisterfahrt,
wird's richtig hart!

Andi und Diego können gar nicht anders, als mitzuwippen, obwohl das nicht ganz ihre Musik ist. Aber der Groove ist ziemlich final. Passt perfekt.
Die Musik verendet mit einem gedehnten Röcheln, und das Tor zum Hof öffnet sich. Glasige Nachtluft strömt herein. Dann eine Explosion, noch eine und noch eine. Polyrhythmisch. Eine Harley. Fehlzündungen aus schonungslos offenen Endtüten. Im Sattel: der Präsident, oben ohne, auf der Brust ein Wildschweinkopf-Tattoo. An der Harley ein Hänger. Auf dem Hänger: ein Kasten Bier und ein kleinwüchsiger Christbaum mit bunten Lämpchen. *Bling-Bling*. Gefällt Diego, der einen Blick für Details hat. Die Lichterkette gab es letzte Woche bei Lidl. Wollte er auch holen. War aber ausverkauft. Er könnte den Präses nachher fragen, ob er die Kette noch braucht.
Der Motor der Harley erstirbt mit einem dreckigen Schlurpsen, das rostige Stahltor fällt krachend zu. Andi und Diego sehen sich fragend an. Andi schaut in die Runde. Einer der Biker zwinkert frech. Andi streckt ihm die Zunge raus. Der Biker fasst sich in den Schritt und fährt sich mit der langen Zunge lasziv über die Lippen. Andi rollt mit den Augen und stöhnt leise.
El Presidente: »Brüder, einer der Besten ist von uns gefahren. Urga, der Stählerne, der Härteste. Er wurde das Opfer eines hinterhältigen Hinterhalts, erschossen von feigen Feiglingen, die versuchen, sich unser rechtschaffenes Geschäft unter die Nägel zu reißen. Aber Urga ist nicht umsonst in die ewigen Jagdgründe gerollt, wir werden seinen Tod sühnen! *Vita brevis – Wotan longus!* Wichtig ist, dass wir jetzt zusammenstehen. Und dass wir unsere wahre

Gesinnung nicht durch verbotene Gesten gefährden. Der Verfassungsschutz ist überall!«
Der Präsident lässt seinen Aluminium-Blick von Mann zu Mann schweifen, bleibt bei Diego und Andi hängen. Mit einem dümmlichen Grinsen heben sie die Hände.
Der Präses zeigt auf Diego. Alle Augen nun auf ihn. Diego geht ein Tröpfchen in die Hose. Panik. Dann weiß er wieder, was zu tun ist. Er nestelt die Fernbedienung aus der Tasche seines speckig grauen Sakkos. Es ist jetzt ganz still. Fokus auf den Sarg.
Der Deckel öffnet sich knirschend. Hakt. Diego lässt ihn wieder runterfahren, probiert es noch mal. Jetzt klappt es. Nein, was ist das? Der Ärmel von Urgas Lederjacke hat sich am Deckel verhakt, der Arm in der Jacke hebt sich steif nach oben. Reflexartig zucken auch die Arme der Anwesenden hoch. Hundertzwanzig Grad. Zur Hallendecke. Nur der Arm des Präsidenten bleibt unten. Eine gewisse Panik in seinem Blick. Eine Deutschlandfahne schnalzt aus dem Sarg und flattert im Ventilatorwind. Die Anwesenden stimmen die erste Strophe des Deutschlandlieds an.
Einer murmelt: »Zugriff.« Das Tor fliegt auf, rechte Arme im Sturzflug unter die Kutten, Hände zücken Waffen, der *Wotan Clan* schwärmt aus, verschwindet hinter Paletten, Kisten, Rohren, zwischen Regalen, hinter der Bar.
Stille.
Nein, ein kurzes heiseres Zischen aus dem Sarg. Die Nebelmaschine pumpt einen Schwall Watteweiß in die Halle. Die bunte Diskokugel dreht sich und schickt glitzernde Pailletten in den Nebel. Andi und Diego liegen flach auf dem Boden. Jetzt hört man gar nichts mehr. Gespenstische Stille. Fast: Diego entfährt ein Angstschors. Als ob ein Korken aus der Sektflasche knallt. Startschuss. Mündungsfeuer aus allen Rohren. *Rattattattatatang…*

Irgendwann schweigen die Waffen. Irgendwer öffnet eine zweite Tür. Ein scharfer Luftzug nimmt Nebel und Pulverdampf mit sich, dann knipst jemand das Licht an. Die Reihen haben sich gelichtet. Der *Wotan Clan* ist nicht mehr. Oder zumindest nur noch sehr reduziert. Vereinzelte Lederboys wimmern, andere verhalten sich totenstill.

Bilanz: acht Leichen, vier Festnahmen.
»Und wer sind Sie?«, fragt der Einsatzleiter des Spezialkommandos.
»Trauerhilfe Miller«, sagt Andi kleinlaut.
»Na, das passt doch. Da haben Sie ja jetzt gut was zu tun.«
Andi nickt betreten. Diego sieht sich immer noch staunend um, kneift die Augen zusammen. Keine Änderung – das Bild der Verwüstung bleibt.

»Was war denn das?«, fragt Andi, als sie wieder auf der Autobahn sind.
»Ein Himmelfahrtskommando.«
»Glaubst du an Reinkarnation?«
»Wer ist das?«
»Vergiss es, Diego.«

Sie fahren schweigend. Kurz vor Neufahrn. Diego hält das Lenkrad ganz locker. Lockerer, als er ist. Er denkt nach. Macht er ja nicht oft. Er zündet sich eine Zigarette an.

Andi niest, kruscht im Handschuhfach nach Taschentüchern und entdeckt dort die Lichterkette. »Sag bloß?«
»Die brauchen die doch nicht mehr.«
Andi drückt den Stecker in den Adapter am Zigarettenanzünder. Die Lämpchen blinken bunt.
Andi und Diego grinsen sich an.
»Die nehmen wir morgen mit auf die Weihnachtsfeier«, beschließt Andi.
»Aber wenn wir die Burschen morgen schon reinkriegen, müssen wir bestimmt arbeiten.«
»Schmarrn. Die Herrschaften wandern erst mal in die Rechtsmedizin.«
»Warum das denn?«
»Die schaun nach, wer sie erschossen hat.«
»Hä?«
»Na, damit klar ist, dass die sich gegenseitig abgeknallt haben.«
»Äh… ja… logisch. Wer auch sonst? Sag mal, meinst du, wir kriegen dieses Jahr wieder fünfhundert extra?«
»Logisch. Der Miller weiß doch, was er an uns hat. Aber noch wichtiger: Kommt die scharfe Lisa aus Hildesheim wieder auf die Weihnachtsfeier vom Verband?«
»Die von Trauerhilfe Tralle?«
»Ja, *Tralle kriegt sie alle*.«
»Ist da was gelaufen letztes Jahr?«
»Logisch, aber so was von!«
»Andi, du Sau, jetzt fällt's mir ein, ihr wart im Lager!«
»Logisch. Du, der *Eternity deluxe*, der ist echt super gepolstert. Und geräumig. Ein Riesending!«
»Du Windhund. Ich liebe Weihnachtsfeiern. *Last Christmas …*«
Andi übernimmt: »*… I gave you my heart …*«
Und gemeinsam: »*… but the very next day you gave it away …*«
Diego lächelt und pult den Glücksknopf aus der Hosentasche. »Wenn wir den vorhin nicht dabeigehabt hätten …«
Sie betrachten ihn und grinsen sich an.
BUMMMM!
Ungebremst auf das Stauende.
Ein Schnipp, und schon im Off.
Andi und Diego verpassen das Feuerwerk der explodierenden Flaschen Weihnachtsbock, die der Laster vor ihnen geladen hat. Schade eigentlich. Kronen süßherben Schaums fröhlich illuminiert von der blinkenden Lichterkette. Ein bisschen wie Hawaii.
Aloha!

Ende

Hier aufschlitzen

7. Dezember

WULF DORN

Unübersehbar

Wunder geschehen immer dann, wenn man am wenigsten mit ihnen rechnet. Und für Silvia ist es ein Wunder. Definitiv. Solch eine phänomenale Chance ist einzigartig, und sie ist bereit, alles dafür zu tun – wirklich *alles*!

Sie hofft so sehr, dann endlich glücklich zu sein. Besonders jetzt, nach einer Woche, die alles andere als *wunderbar* für sie gewesen ist. Denn noch gestern, am 2. Weihnachtstag, hat sie ernsthaft überlegt, ob es nicht besser wäre, dieser ignoranten Welt ein für alle Mal Adieu zu sagen.

Schon als Kind konnte sie Weihnachten nicht ausstehen. Damals, als sie noch im ach so trauten Kreis der Familie zusammen waren. Zusammen und doch nicht, weil Silvia sich neben ihren Geschwistern immer wie eine Unsichtbare vorgekommen ist. Das hat sich auch nach dem Tod ihrer Mutter und dem Schlaganfall ihres Vaters nicht geändert. Der lebt jetzt in einem Pflegeheim und kennt nicht mal mehr seinen eigenen Namen, auf den er früher so viel Wert gelegt hat. Seither lädt Silvias ältere Schwester Veronica jedes Jahr zum Geschwistertreffen ein, doch Silvia ist nur ein Mal hingegangen. Das ist schon vier Jahre her, und sie wird es bestimmt nie wieder tun. Weil es sich so demütigend angefühlt hat.

Veronica gehört eine Boutique in der Innenstadt, und sie geht völlig in ihrer Rolle als Unternehmerin, glückliche Ehefrau und zweifache Mutter auf. Und Silvias jüngerer Bruder Patrick leitet seit einiger Zeit eine Werbeagentur. Er macht regelmäßig Urlaub in der Südsee, verabredet sich mit Models und fährt einen Porsche.

Silvia hingegen kann weder beruflich noch privat nennenswerte Erfolge vorweisen. Sie ist jetzt fünfunddreißig, lebt in einer winzigen Mietwohnung und arbeitet seit ihrer Ausbildung als Servicekraft im Grandhotel. Eigentlich ist es ein guter Job und auch ein namhafter Arbeitgeber, aber bei den Beförderungen wird sie regelmäßig übergangen.

Nicht anders geht es ihr mit den Männern. Abgesehen von ein paar nichtssagenden Dates, hatte sie noch nie eine richtige Beziehung.

Obendrein ist ihr letztes Date auch noch richtig peinlich verlaufen. Der Typ, mit dem sie sich an Heiligabend verabredet hatte, hieß Jens. Er ist im Restaurant zweimal an ihrem Tisch vorbeigegangen, und sie musste ihn ansprechen, damit er sie endlich bemerkte. Und das, obwohl sie dasselbe rote Kleid getragen hat wie auf ihrem Profilbild im Datingportal.

Er entschuldigte sich, woraufhin sie entgegnete, dass das doch nicht schlimm sei. Bei so vielen Gästen könne man leicht mal jemanden übersehen. Aber insgeheim ist es *eben doch* schlimm für sie gewesen. Weil es ihr immer so ergeht. Jeder übersieht sie. Als gäbe es sie überhaupt nicht.

Nach dem Essen fuhr Jens sie nach Hause, und als sie ihn nicht mit in ihre winzige Wohnung nahm, ging er ihr im Auto an die Wäsche.

Niemand war auf der Straße, alle anderen feierten mit ihren Familien und Freunden, und außerdem war es bitterkalt. Aber wenigstens hatte sein Wagen eine Standheizung. Also ließ Silvia es zu.
Seine Lippen fühlten sich wie ein feuchter Spülsauger an, und er keuchte eine halbe Ewigkeit auf ihr herum. Doch sie tat so, als würde es ihr gefallen. Immerhin wurde sie in dieser kurzen Zeit von ihm begehrt und vor allem *wahrgenommen*.
Danach verabschiedete er sich und wünschte ihr frohe Weihnachten. Seither hat sie nichts mehr von ihm gehört. So ist das immer mit ihren Verabredungen.
Also hat sie sich für den Rest der Feiertage mit ihrer liebsten Freizeitbeschäftigung getröstet: der imaginären Reise in die Welt der Stars. Schließlich scheint es doch nichts Schöneres zu geben, als berühmt zu sein. Solche Leute sind nie allein und werden von allen geliebt und geachtet. Ganz gleich, ob im Fernsehen, in Zeitschriften, bei Instagram oder Facebook, jeder verfolgt begierig, was sie tun, und jeder ist begeistert und *liked* es.
In Silvias Vorstellung muss es die absolute Erfüllung sein, wenn man so innig verehrt wird. Sie hingegen ist für alle nur die graue Maus, die auch dann niemandem auffällt, wenn sie in einem knallroten Kleid und mit hübscher Frisur im Restaurant sitzt.
Selbst die Gäste im Hotel rempeln sie beim Vorbeigehen auf dem Flur an – nicht aus Absicht, sondern weil sie sie einfach nicht bemerken. Als wäre sie Luft. Sie nehmen nur dann vor ihr Notiz, wenn sie Tee statt Kaffee zum Frühstück wollen, ein zweites Kopfkissen brauchen oder man ihnen spätnachts noch den Saunabereich anheizen soll. Aber sonst? Die Leute auf der Straße gehen grußlos an ihr vorbei, als sei sie nicht da. Radfahrer auf dem Gehweg weichen nicht *ihr* aus, sondern sie muss *ihnen* ausweichen. Und so weiter.
Ja, nicht einmal die Apothekerin hat auf sie reagiert, als Silvia kurz vor den Feiertagen nach einer Großpackung des stärksten Schlafmittels fragte, das ohne Rezept erhältlich ist. Beim Bezahlen hat Silvia ihr Portemonnaie dann sogar noch extraweit geöffnet, damit man die neu gekauften Rasierklingen aus dem Drogeriemarkt darin sehen konnte. Doch die Apothekerin hatte sich bereits mit der nächsten Kundin unterhalten und Silvia nicht einmal verabschiedet. Ganz offenkundig schert sich kein Mensch um sie.
Aber das wird sich jetzt ändern, denn Mark Best ist in der Stadt! *Der* Mark Best! Seine Agentur hat ihn für zwei Nächte im Grandhotel eingecheckt – unter strengster Diskretion, versteht sich, und natürlich in der teuersten Suite. Das allein ist schon phantastisch genug, aber noch phantastischer ist, dass sich ihre Kollegin Luzia auf einem vereisten Gehweg den Knöchel gebrochen hat. Deshalb hat man jetzt Silvia für den Suite-Service eingeteilt. Wenn das kein Wunder ist, was dann?
Mark Best hat sich sein Abendessen aufs Zimmer bestellt. Das hätte Silvia an seiner Stelle auch getan. Als berühmter Sänger und Schauspieler kann man sein Essen in einem Restaurant wohl kaum ungestört genießen. Ständig muss man Autogramme geben und mit seinen Fans, die ihr Glück kaum fassen können, für Selfies posieren.

Das mag erfüllend sein, aber auch sie würde beim Essen lieber für sich sein, wenn sie ein Star wäre wie er.

Während nun der Chefkoch die Wünsche des besonderen Gastes zubereitet, nutzt Silvia die Wartezeit für einen schnellen Gang auf die Personaltoilette. Ihr Schminkzeug trägt sie wie immer in einem kleinen Täschchen bei sich, das unter ihrer Schürze nicht auffällt.

Für diesen einzigartigen Anlass macht sie sich besonders schick, etwas mehr Lippenstift und Rouge, und ihre Augen betont sie durch zusätzliche Mascara. Dann übt sie noch ihr Lächeln vor dem Spiegel. Es soll freundlich und ein wenig verführerisch wirken, aber keinesfalls anbiedernd.

Als sie zurück in die Küche kommt, ist der Koch gerade fertig. Gemeinsam stellen sie die gewünschten Köstlichkeiten auf den Servierwagen. Ein halbes Dutzend bretonische Austern, ein englisches Entrecôte-Steak an Rosmarinkartoffeln und ein Gartensalat mit Hausdressing. Dazu eine Flasche erlesenen Rotweins, deren Preis Silvias Monatsgehalt überschreitet und bestimmt auch das des Kochs.

»Mach schnell, damit das Steak blutig bleibt«, weist der Koch sie an, und das tut sie. Sie nimmt den Serviceaufzug in den sechsten Stock, und keine drei Minuten später steht sie vor der Suite.

Hier haben schon etliche Größen aus Politik, Wirtschaft und Kultur genächtigt, aber keiner hätte mit Mark Bests Beliebtheit konkurrieren können. Wenn seine Fans jetzt wüssten, dass *sie* hier steht – vor *seinem* Zimmer –, sie würden vor Neid platzen!

Silvia streicht ihre Schürze glatt und räuspert sich, um den Frosch loszuwerden, der plötzlich in ihrem Hals steckt. Dann klopft sie an. Von drinnen ertönt ein markantes »Herein«, und nach einem weiteren Räuspern tritt sie ein. Sie kann ihr Glück kaum fassen. Mark Best sitzt auf dem Bett, und in natura sieht er noch besser aus als auf den Fotos. Vor allem, weil er jetzt nur einen Bademantel des Hotels anhat. An seinem durchtrainierten Körper ist kein Gramm Fett zu viel, und sein Dreitagebart betont die verwegene, maskuline Ausstrahlung, die schon unzähligen Frauen heiße Träume beschert hat – auch Silvia, und das nicht nur ein Mal.

Er nickt ihr über den Rand eines Whiskeyglases zu. Nach den leeren Fläschchen neben ihm zu urteilen, wird sie die Minibar wohl bald auffüllen müssen, denkt sie.

»Ah, mein Dinner«, sagt er und deutet mit dem Glas zu einem Tisch am Fenster, von dem aus man die nächtliche Skyline überblicken kann. »Stell es da drüben hin.«

Er spricht mit einem amerikanischen Akzent, der nicht echt ist. Ebenso wie *Mark Best* auch nur ein Künstlername ist. Silvia weiß, dass er eigentlich Markus Bestler heißt und in Iserlohn geboren wurde. Aber so ein Name passt wohl nicht zu jemandem, der schon neben Sandra Bullock gespielt hat und mit Robbie Williams aufgetreten ist.

Sie tut wie ihr geheißen und platziert das Essen mit dem Besteck auf dem Tisch. Selbstverständlich mit Blick zum Fenster, wo er sich bei seinem Dinner wie ein Gott fühlen wird. Und auch wenn Weihnachten schon vorbei ist, stellt sie noch eine rote Kerze dazu und zündet sie an.

»Sieht total romantisch aus«, sagt Mark Best neben ihr. Er schwankt schon ein wenig, dennoch gilt sein erster Griff dem Glas Rotwein, das sie ihm eingeschenkt hat. Er leert es in einem Zug, und dann hebt er den Silberdeckel vom Teller, um sein Steak zu inspizieren. Dabei zieht er mit der anderen Hand einen Fünfziger aus der Tasche des Bademantels und hält ihn ihr beiläufig hin.

»Für dich«, murmelt er, ganz auf sein Steak fokussiert, und auch wenn er sie nicht ansieht, weiß sie, dass er stahlgraue Augen hat. Deren Blick muss sie jetzt auf sich lenken.

»Vielen Dank«, sagt sie und nimmt den Schein. Dann atmet sie tief durch und fügt hinzu: »Bestimmt wollen Sie jetzt in Ruhe essen, aber dürfte ich Sie noch etwas fragen?«

Er setzt sich, und dann sieht er sie tatsächlich an.

»Klar kannst du ein Autogramm haben«, sagt er, und dann deutet er auf den Bademantel. »Aber ein Selfie mache ich so nicht, okay?«

»Ein Autogramm wäre prima«, bringt sie schüchtern hervor. »Aber eigentlich wollte ich etwas anderes von Ihnen wissen.«

»Ach ja? Was denn?«

»Nun ja, ich wollte Sie fragen, ob Sie mich interessant finden.«

»Interessant?«

Jetzt huscht ein Lächeln über sein makelloses Gesicht. Es wirkt ein wenig anzüglich, weil er sie offenbar missverstanden hat, und das ärgert sie. An ihrem Blick wird sie noch arbeiten müssen.

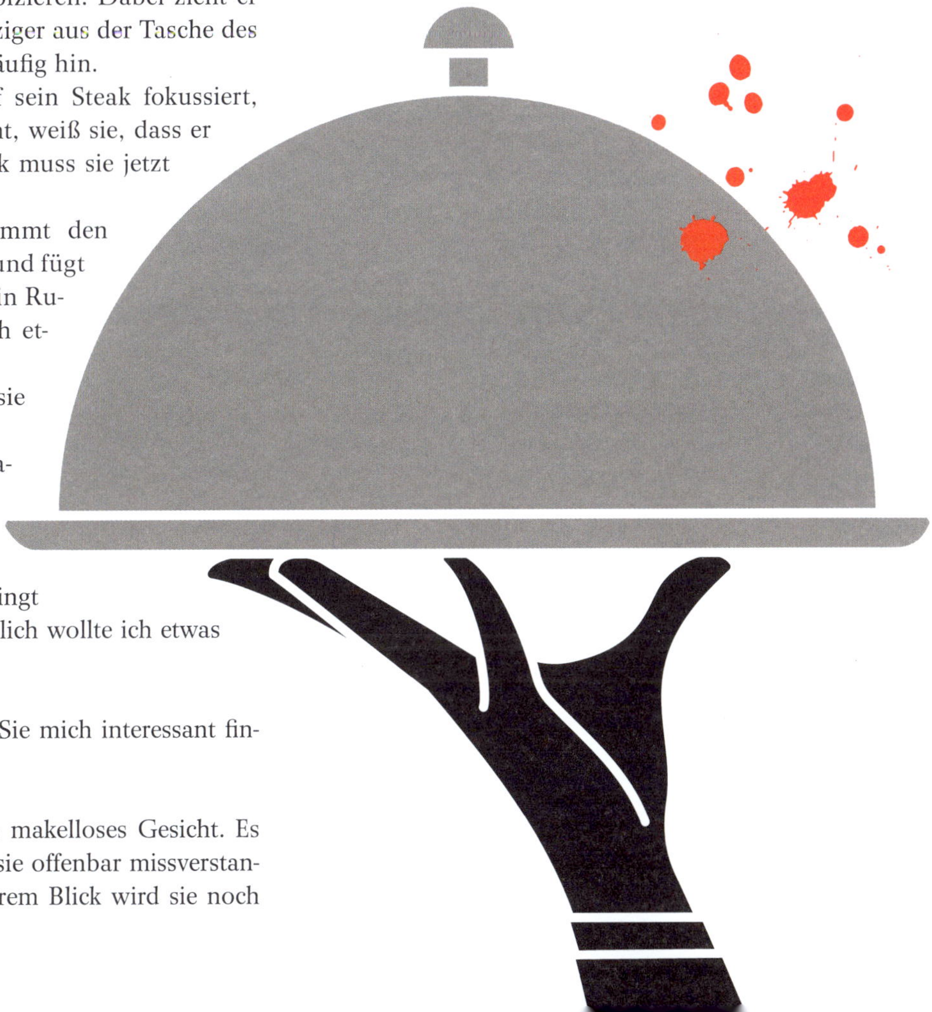

»Nein, nicht so«, sagt sie hastig. »Ich meine interessant im Sinne von *talentiert*.«
Er hebt die perfekt gezupften Brauen. »Ah, okay! Na, das kann ich so nicht sagen. Ich kenn dich ja nicht. Hast du denn was drauf?«
»Ich kann schauspielern. In der Schule war ich in der Theatergruppe, und später habe ich mich bei Ensembles beworben. Das waren natürlich keine Profis wie Sie, aber die Stücke waren anspruchsvoll. Shakespeare, Brecht und so etwas.«
»Okay. Und welche Rollen hast du schon gespielt?«
»Also, ähm«, stammelt sie und ertappt sich dabei, wie sie verlegen an ihrer Schürze zupft. »In der Schule waren es keine besonders großen Rollen. Ehrlich gesagt, waren es nicht einmal Sprechrollen. Aber ich kenne jede Menge Filmdialoge auswendig. Die von *Pretty Woman*, zum Beispiel. Da kann ich jedes Wort im Schlaf.«
»Verstehe. Und was ist mit den Ensembles, von denen du gesprochen hast?«
»Nun ja, die ... also, ich war da nur zum Vorsprechen. Bis jetzt wurde ich noch nirgends angenommen.«
»Du warst ihnen zu blass, right?«
Silvia fährt zusammen. Da ist er wieder, der Frosch in ihrem Hals, und diesmal klammert er sich dort fest. Sie muss heftig schlucken.
»Wie ... kommen Sie darauf?«
»Willst du eine ehrliche Antwort?«
Erneut schluckt sie, und dann nickt sie nur.
»Also, pass mal auf«, sagt Mark Best und mustert sie eingehend – nur, dass er es nicht auf die Art tut, die sie sich erhofft hat. Er erkennt noch nicht, was in ihr steckt. »Wenn du es in dem Job zu etwas bringen willst, brauchst du Ausstrahlung. Talent wird überbewertet, glaub mir. Im Endeffekt zählt nur, ob die Leute dich sehen wollen. Und damit sie das wollen, brauchst du Charisma. Das, Honey, ist das Zauberwort für Erfolg im fuckin' Showbiz. *Charisma!*«
»Und ... finden Sie, dass ich Charisma habe?«
»Ob du ...« Er lehnt sich auf dem Stuhl zurück und seufzt. »Honey, schau dich doch mal an! Du stehst da wie eine Trauerweide. Außerdem bist du schon viel zu alt. Ab vierzig kann man in der Branche nicht mehr auf den großen Deal hoffen. Wenn du's mit zwanzig nicht geschafft hast, schaffst du's nie. Klingt nach Bullshit, ich weiß, aber so ist das nun mal.«
»Aber ich bin erst fünfunddreißig!«
»So oder so, du hast es nicht«, sagt er und zuckt die Schultern. »Sorry, aber du hast mich gefragt.«
Sie nickt und blinzelt eine Träne fort. »Schon gut, ich hab's verstanden. Danke für Ihre Ehrlichkeit.«
»Keine Ursache, Honey. Take it easy, dann wird alles cool.«
Er lächelt und hält ihr sein Weinglas entgegen, als sie die Flasche nimmt. Bestimmt denkt er, dass sie ihm nachschenken will, aber das will sie nicht. Sie braucht die Flasche, um sie ihm mit aller Wucht auf dem Kopf zu zerschlagen.
Das geht einfacher, als sie geglaubt hat. Sicher, weil sie so aufgeregt, enttäuscht und zornig ist.
Mark Best alias Markus Bestler verdreht die Augen und geht zu Boden. Dort bleibt er reglos in den Scherben liegen. Gut so. Selbst als sie ihm das Steakmesser in die Keh-

le sticht, reagiert er kaum noch. Er zappelt nur ein bisschen, das ist alles.

Sie kaut nervös auf ihrer Lippe, während sie wartet, bis er ausgeblutet ist. Das geht erstaunlich schnell, stellt sie fest.

Danach kommt der schlimmste Teil, aber der ist notwendig, wenn das, was sie jetzt vorhat, funktionieren soll.

Dazu muss sie ihn zuerst zurück aufs Bett schleppen. Sein schlaffer Traumkörper ist schwerer, als er aussieht, und Silvia ist froh, als sie ihn wieder ablegen kann. Sie muss ein paar Minuten verschnaufen, ehe sie ihm den Kopf abtrennt. Das Steakmesser ist neu und sehr scharf, aber trotzdem kommt sie dabei ins Schwitzen.

Sie überlegt, was sie mit dem Kopf tun soll. Zuerst platziert sie ihn zwischen seinen gespreizten Beinen, aber dann folgt sie ihrer Intuition und setzt ihn mitten auf seine Brust. Schließlich soll es nicht nach einem plumpen Sexverbrechen aussehen. Ihr schwebt eher etwas Geheimnisvolles und Rätselhaftes vor.

Also überwindet sie sich und schlitzt ihm auch noch den Bauch auf. Angewidert zieht sie seine Gedärme heraus und drapiert sie herzförmig um ihn, wobei sie immer wieder würgen muss.

Als auch das geschafft ist, geht sie zum Tisch zurück und lässt sich erschöpft auf dem Stuhl nieder, auf dem zuvor Mark Best gesessen hat. Sie schiebt sein Essen beiseite, bei dessen Geruch sie wieder würgen muss, und konzentriert sich auf das große Fenster. Auf diesen gottgleichen Ausblick und die prächtige Skyline.

Anfangs ist sie noch aufgewühlt und durcheinander, aber schließlich kehrt Ruhe in ihr ein, und tiefes Glück erfüllt sie.

Ja, denkt sie, ab sofort wird sie eine Berühmtheit sein. Künftig wird man Mark Best in einem Zug mit ihrem Namen nennen. So wie Sharon Tate und Charles Manson, John Lennon und Mark Chapman, John F. Kennedy und Lee Harvey Oswald.

Alle werden über sie reden. Man wird diskutieren, wer sie ist und warum sie es getan hat. Sie wird unzählige Interviews geben, und natürlich wird sie auch Fans haben. Vor allem Männer, die heimlich von ihr träumen und ihr Liebesbriefe schicken, weil sie Silvia jetzt als die starke und geheimnisvolle Frau erkennen, die sie insgeheim schon immer gewesen ist.

Vielleicht wird sogar jemand eine Geschichte über sie schreiben. Eine Geschichte über die Frau, die von allen unterschätzt und übersehen wurde.

Bis sie sich wie durch ein Wunder unübersehbar gemacht hat.

Ende

Hier aufschlitzen

8. Dezember

CARLA EISFELDT

Gans Anders

Kennen Sie das Kochduell? Nein, nicht die Fernsehsendung, sondern der Wunsch, den anderen beim Kochen mal so richtig zu zeigen, wo der Löffel hängt?

In genau diesem Zustand des kulinarischen Wettrüstens befinden wir uns mit Tanja und Oliver, unseren Nachbarn. Manchmal denke ich wehmütig an die Zeit zurück, als wir uns einfach nur auf ein gepflegtes Bier getroffen haben. Vor zwei Jahren zog dann der von meiner Frau lang ersehnte Thermomix bei uns ein und stolz ergänzte sie beim nächsten Treffen die obligatorischen Salzstangen um eine kleine Auswahl selbstgemachter Dips.

Die Retourkutsche ließ nicht lange auf sich warten. Bei der Gegeneinladung hatte Tanja darum gebeten, Appetit mitzubringen. »Nur eine Kleinigkeit«, wurde uns angekündigt, ganz zwanglos – nichts Großes. Tatsächlich servierte sie uns ein dreigängiges Menü auf einem passend zur Jahreszeit gedeckten Tisch. Kurzum – sie hatte uns reingelegt. Unter dem Deckmantel wohlmeinender Essenseinladungen tobt seitdem ein erbitterter Konkurrenzkampf. Vordergründig pflegen wir die gute Nachbarschaft, tatsächlich aber geht es darum, die Gegenseite in die Knie zu kochen. In diesem Jahr sind wir an der Reihe, am kommenden Adventssamstag das Nachbarschaftsessen auszurichten. Eine Frage der Ehre – Sie verstehen? Nach reiflicher Überlegung wird meine Frau dabei mit einem klassischen Gänsebraten ins Rennen gehen. »Das macht Eindruck«, versichert sie mir. »Mit einer guten Vorbereitung kann dabei nichts schiefgehen.«

Dass das wahre Leben bisweilen andere Pläne hat, stelle ich fest, als ich beim Biobauern unsere Gans abholen will. Ratlos schaut die Frau hinter der Theke auf meinen Bestellzettel. Gans Nr. 17 sei bereits abgeholt, von wem, wisse sie nicht. Meinen Vorschlag, alle Bestellungen noch einmal durchzusehen, winkt sie ab.

»Dazu ist es zu spät, wir schließen gleich. Kommen Sie am Montag wieder!«

»Aber haben Sie denn nichts anderes? Bei einer Verwechslung muss doch irgendetwas übrig bleiben…?!«

Mit einem demonstrativen Blick auf die Uhr verschwindet sie im Kühlraum und kommt nach einer gefühlten Ewigkeit missmutig mit zwei Hähnchen wieder. Das sei alles, was sie noch gefunden hätte.

Können Sie sich vorstellen, was bei uns los ist, als ich anstatt mit der bestellten Gans mit zwei Hähnchen nach Hause komme? Meine Frau steht buchstäblich kurz vor einem Nervenzusammenbruch. Ob ich denen nicht was erzählt hätte? Und selbstverständlich hatte ich das Falsche mitgebracht. Hatten die denn nicht noch was Anständiges da, etwas, mit dem man sich nicht blamiert?

»Ich habe doch zwei grundanständige Hähnchen mitgebracht!«, versuche ich mich zu rechtfertigen, aber davon will meine Frau nichts wissen.

»Das verstehst du nicht!«, jammert sie. »Tanja löchert mich schon seit Tagen wegen des Menüplans. Damit sie Ruhe gibt, habe ich verraten, dass sie sich auf eine Gans freuen darf!«
Inzwischen ist es zu spät zum Einkaufen, da ist guter Rat teuer. Am Ende bleibt nichts anderes übrig, als mit dem »vorhandenen Material zu arbeiten«. Das ist eines der Lieblingszitate von Gisela und genau die wird nun angerufen, um das Desaster zu retten. Gisela ist die Mutter meiner Frau. Sie vereint alle Eigenschaften, die man einem guten Schwiegerdrachen zuschreibt, aber eines muss man ihr lassen – in der Küche wirkt sie wahre Wunder.
Vier Stunden später ist das Werk tatsächlich vollbracht, die Tränen getrocknet und meine Frau wieder einigermaßen beruhigt. Die Hähnchen sind so zerteilt und auf der Servierplatte arrangiert, dass die Stücke keine Rückschlüsse auf die Form des ursprünglichen Tieres zulassen. Für alle Fälle habe ich noch die LEDs aus der Esstischlampe geschraubt. Bei Kerzenschein fällt vielleicht nicht ganz so schnell auf, was da auf dem Teller liegt.
Und tatsächlich geht am Anfang alles glatt. Die ersten Bissen verlaufen in andächtigem Schweigen. Meine Frau hat sich selbst übertroffen, mhmm, wirklich lecker! Erleichtert zwinkere ich ihr zu, als mein Blick auf Tanja fällt. Irgendetwas an ihrem Lächeln gefällt mir nicht.
»Das schmeckt ja wirklich ganz vorzüglich…« Sie macht eine kleine Pause. »Aber sag mal, wolltest du dich nicht an einer Gans versuchen?«
»Das ist eine Gans!«, behauptet meine Frau tapfer.
»Ach wirklich?« Tanja tut, als ob sie überlegt, aber ich kann ihr ansehen, dass sie lediglich zum nächsten Schlag ausholt. Sie hat gemerkt, dass etwas nicht stimmt.
Honigsüß stichelt sie weiter. »Sie schmeckt hervorragend – aber so ganz anders ... Ich habe noch nie eine Gans gegessen, die so geschmeckt hat!«
Ich merke, wie sich bei mir ein Schalter umlegt. Nach all der mühsamen Vorbereitung glaubt diese dumme Nuss allen Ernstes, uns hier den Abend kaputt machen zu können. Das kann ich nicht zulassen! »Die Gans ist eine Kobe-Gans!«, höre ich mich sagen und bin selbst ein wenig erstaunt über meine eigenen Worte.
Stille. Alle starren mich an.
»Eine Kobe-Gans?« Oliver schaut interessiert auf seinen Teller. »Habe ich noch nie gehört!«
Ich setze nach. »Eine japanische Gans! So wie die Rinder. Kennt ihr doch – die werden von Hand liebevoll aufgepäppelt, massiert und bekommen jeden Tag eine Flasche Bier. Das reinste Paradies.«
»Ihr Fleisch ist Spitzenqualität und ausgesprochen exquisit – im Geschmack und im Preis!«
Unter dem Tisch tritt mich meine Frau. *Hör auf!* steht auf ihrer Stirn geschrieben, aber ich bin gerade richtig in Fahrt. Kennen Sie das, wenn einem die Gedanken quasi aus dem Nichts in genau der richtigen Reihenfolge in den Mund purzeln?
»Nachdem das mit den Rindern so gut funktioniert, haben die das nun auf Gänse ausgeweitet. Die bekommen jeden Tag mit einem weichen Lappen die Federn poliert und werden mit Milch gemästet. Das macht das Fleisch so zart und hell. Fast wie Hühnchen«, ergänze ich.

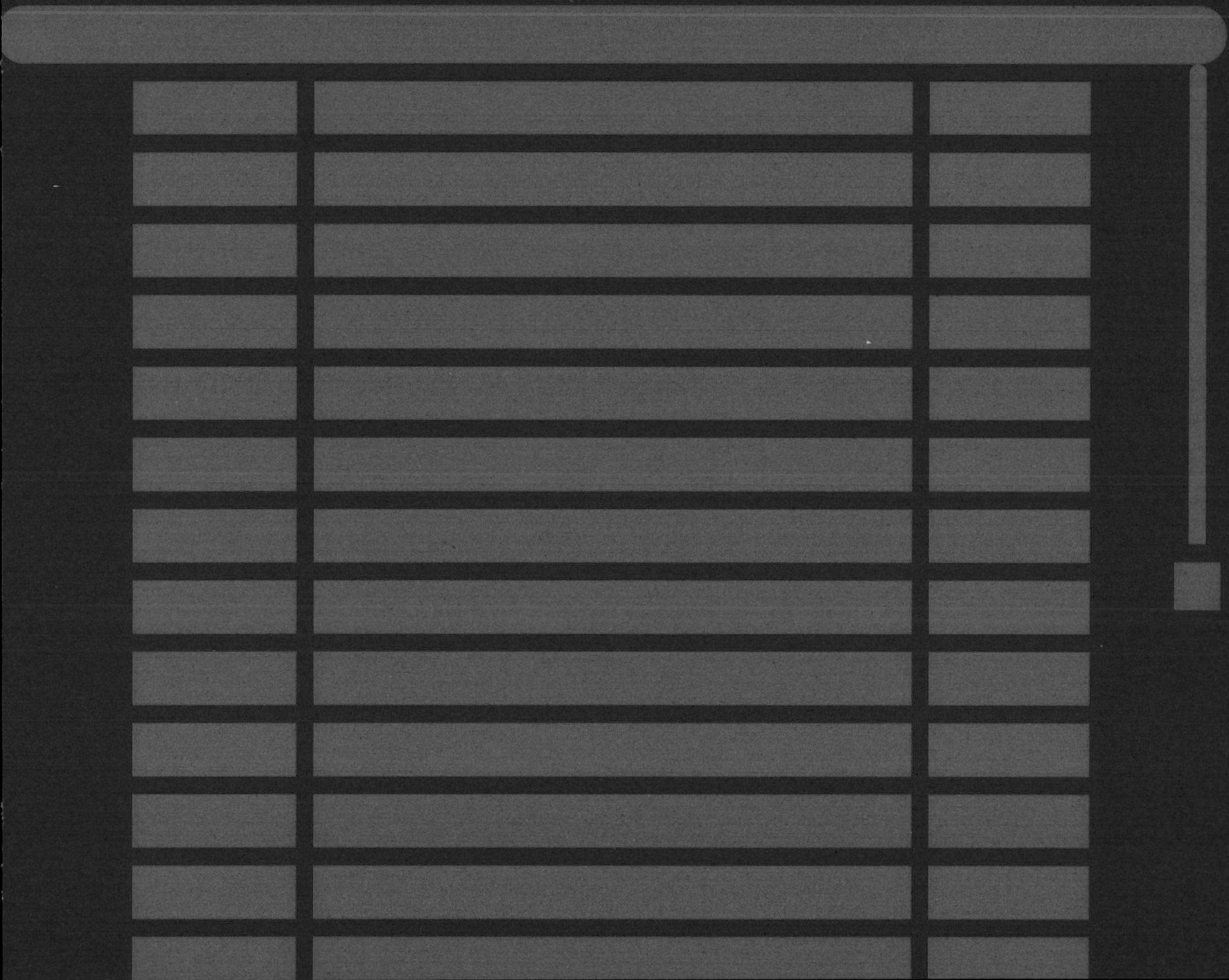

Tanja kaut schweigend, das muss sie erst mal verdauen. Es passt nicht in ihr Weltbild, dass andere etwas haben, was sie nicht kennt. Oliver greift nach seinem Handy. Er ist der Typ, der, egal was man sagt, alles sofort googelt.
»Im Internet finde ich keine Kobe-Gans!« Fragend schaut er mich an. »Wie schreibt man das noch mal?«
»Natürlich steht das nicht im Internet, die sind ein absoluter Geheimtipp. Wo wäre denn das Besondere, wenn die jeder kaufen könnte? Außerhalb Japans sind Kobe-Gänse nahezu unbekannt!«
An den Mienen meiner Tischrunde erkenne ich, dass ich es etwas übertrieben habe. Tanja lehnt sich zurück und lächelt wie Siegfried, bevor dieser dem Lindwurm den alles entscheidenden Stich versetzt.
»Und diese besonderen Kobe-Gänse – wo habt ihr eure noch mal her?«
Shit! Da bin ich wohl etwas über das Ziel hinausgeschossen. Fieberhaft suche ich nach einer guten Ausrede, aber ausgerechnet jetzt will mir partout nichts einfallen. Gerade als die Stille unangenehm zu werden droht, legt meine Frau ihr Besteck zur Seite und schaut Tanja an.
»Von Ling!«, sagt sie ganz ruhig. Nicht nur ich starre meine Frau fassungslos an, die munter fortfährt. »Ling hat ihre Eltern in der Heimat besucht und weil wir auf das Haus aufgepasst und ihre Blumen versorgt haben, hat sie uns als Dankeschön eine Kobe-Gans mitgebracht.«
Ling ist die neue Nachbarin, die vor einem Vierteljahr schräg gegenüber eingezogen ist und einen Kosmetik- und Massagesalon eröffnet hat.
»Lings Eltern sind nämlich Kobe-Gans-Züchter«, füge ich hinzu, denn die Gesichter von Tanja und Oliver sind gerade einfach zu gut. »Sie überlegen, den europäischen Feinschmeckermarkt zu erschließen. Kobe-Gänse kann sich momentan nur die japanische Oberschicht leisten!«
Das sitzt, zumindest bei Tanja. Nur Oliver runzelt die Stirn.
»Aber Ling ist doch Chinesin?!«
»Das stimmt nicht, sie…«, will ich erklären, aber er unterbricht mich.
»Doch, das weiß ich genau. Über ihrem Bett hängt ein Bild mit einem Drachen und das ist eindeutig ein chinesischer Drache. Der chinesische Drache hat nämlich fünf Klauen, der japanische nur drei.« Wie immer weiß er es wirklich besser.
»Woher weißt du denn, was unsere asiatische Nachbarin über ihrem Bett hängen hat?«, fragt Tanja ihren Mann spitz. Das Wort »asiatisch« betont sie besonders deutlich und macht mit den Fingern eine Geste, als ob sie es in Anführungszeichen setzt. Oliver schaut, als hätte ihn die Kobe-Gans gezwickt.
»Schatz, das tut doch nichts zur Sache. Es ging doch nur um die Kobe-Gans. Die übrigens ganz hervorragend schmeckt!«, versucht er die Situation zu retten. »Ist da Majoran in der Soße?«
Da hat er die Rechnung aber ohne Tanja gemacht. »Ich höre?«, bohrt sie nach.
Oliver sackt sichtlich in sich zusammen. Zwar ist er ein notorischer Besserwisser, aber im Grunde seines Herzens kein schlechter Kerl. Tanja kann dagegen schon eine ziemliche Giftspritze sein. Ich beschließe, ihm zu helfen.

»Das war kurz nach ihrem Einzug. Wir Männer haben geholfen, einen Schrank aufzubauen. Alex und Steffi waren auch dabei.«
»Genau ...«, ergänzt Oliver erleichtert. »Da wart ihr Mädels auf eurem Wander-Wochenende! Ich hatte das nur vergessen.«
Tanja zieht vielsagend eine Augenbraue nach oben, sagt aber nichts. Zumindest vorerst nicht. *Darüber unterhalten wir uns noch!* versprechen die Blicke, die sie ihrem Mann zuwirft. Oliver tut mir ehrlich gesagt jetzt schon leid, trotzdem muss ich auf Nummer sicher gehen. Beim späteren Verabschieden klopfe ich ihm auf die Schulter.
»Ich bin mir übrigens gar nicht mehr so sicher, ob wir diesen Schrank tatsächlich gemeinsam aufgebaut haben«, raune ich ihm ins Ohr. »Denk einfach nicht weiter über Kobe-Gänse nach, dann muss ich mir nicht überlegen, was ich an diesem Wochenende wirklich gemacht habe.«
Er lächelt verkniffen, nickt aber.
Gefahr erkannt, Gefahr gebannt. Ich bin sicher, dass aus dieser Richtung nichts mehr zu erwarten ist. Versonnen schaue ich den beiden nach. Oliver ist wie gesagt kein schlechter Kerl, aber vom Leben hat er keine Ahnung. Da hilft auch das ganze Googeln im Internet nicht. Ling ist nämlich Thailänderin, das weiß ich ganz genau, weil sie es mir verraten hat. Und es ist ein thailändischer Drache, der da über ihrem Bett hängt. Ein ausgesprochen bequemes Bett übrigens, wenn Sie mich fragen!

Ende

Hier aufschlitzen

9. Dezember

SUSANNE MISCHKE

Die Tiere der anderen

Ich hörte ihn nahen, Schritt für Schritt, jetzt stand er vor der Tür und schnaufte durch den Spalt am Boden. Ein trügerischer Moment der Stille, dann sprang er gegen die Türklinke und stob ins Zimmer. Ich richtete mich auf, doch sein enormes Gewicht drückte mich zurück auf die Matratze. Klauen bohrten sich durch mein Nachthemd, und sein faulig-feuchter Atem schlug mir entgegen, ehe seine Zunge mein Gesicht einschleimte.

»Runter! Plaaatz!«

Stramme Hinterbeine rammten sich in meine Magengrube, als er vom Bett sprang. Jetzt hockte er erwartungsvoll hechelnd auf meinen verstreuten Kleidern, jeden Muskel seines Riesenkörpers angespannt, bereit, den Tag zu beginnen.

»Oh, Mann, so früh, muss das sein?« Draußen war es noch stockdunkel, es ging auf Weihnachten zu. Markus, dachte ich – denn ich dachte an ihn vom Aufwachen bis zum Einschlafen, und oft auch noch danach –, Markus hätte das nichts ausgemacht. Er stand gerne früh auf, machte Kaffee, weckte mich mit einem Kuss ... Stopp! Falsch. Er *hatte* für mich Kaffee gemacht, und er *hatte* mich mit einem Kuss geweckt. Vergangenheit. Ob er wohl in diesem Moment gerade die Rehäugige küsste?

Am Ende von Buddys Leine taumelte ich durch den winterlichen Morgen. Der Berner Sennenhund war es gewohnt, um sieben Uhr in den Park geführt zu werden. Seine Besitzer, das Ehepaar Schnabel, verbrachten die Weihnachtsferien in Ischgl, und ich hütete Buddy. Was tat man nicht alles für Geld. Es hatte ein bisschen geschneit, drei, vier Zentimeter. Ob das reichen würde für weiße Weihnachten? Im Grunde war mir das egal. Ich würde die Feiertage ohne jegliche Feierlichkeiten allein mit diesem hechelnden Monstrum verbringen.

Auf dem Rückweg vom Park leinte ich Buddy an der Gartenpforte der Lessingstraße 30 an, leerte den Briefkasten und betrat die protzige Bauhaus-Villa. Die Haustür ließ ich einen Spaltbreit offen, damit ich mitbekam, falls Buddy randalierte. Im Wohnzimmer der Jacobis angekommen, nahm ich das Tuch vom Papageienkäfig. Vorsichtig, auf meine Finger achtend, öffnete ich die Käfigtür. *Damit Elmo ein paar Runden fliegen kann.* Das hatten mir die Jacobis ans Herz gelegt.

Elmo flog nicht. Der faule Vogel war auch die letzten Tage nicht geflogen, stets erklomm er lediglich das Dach seines Käfigs, spreizte die Flügel und krakeelte ein bisschen herum. Ob er überhaupt fliegen konnte? Elmos Figur erinnerte eher an ein Huhn als an einen Papagei. Er fresse aus Frust zu viel, im Sommer sei sein Lebenspartner Grobi gestorben, hatte man mir erklärt. Dieses Verhalten war mir nicht unbekannt, ich fühlte mit dem verwaisten Vogel.

Obst aus der Speisekammer holen und klein schneiden, Körner und Wasser auffüllen, Papageienscheiße vom Käfigboden kratzen. Ich verrichtete die Arbeiten schweigend.

Damit brach ich mein Versprechen an die Jacobis, täglich eine halbe Stunde mit Elmo zu plaudern. Täglich eine *halbe* Stunde, was dachten die sich eigentlich? Das war mehr, als die ganze Woche über mit mir geredet wurde. Ich hatte mich dennoch daran gehalten, aber inzwischen waren mir die Themen ausgegangen. Also schaltete ich die Stereoanlage ein und sang zu Jingle Bells ein wenig mit.

Am ersten Tag hatten wir unsere Wohnverhältnisse erörtert: «Echt edel hier, fast ein bisschen zu durchgestylt, oder? Sieht das Chalet in der Schweiz auch so aus? Ach, stimmt, dahin nehmen sie dich ja nicht mit. Deswegen bin ja ich hier. Und um die Bonsais zu gießen. Das Bronzeteil da drüben, das soll wohl auch ein Vogel sein?»

Mein maulfauler Gesprächspartner hatte lediglich die smaragdgrünen Nackenfedern gesträubt.

»Verstehe, ihr könnt euch nicht ausstehen. Und die Bilder hier ... sind sicher wertvoll. Hast du mal den Schmuck gesehen, den dein Frauchen in ihrer Frisierkommode hat? Mein lieber Schwan – sorry, Papagei –, da sind etliche Einkaräter dabei. Übrigens, ich heiße Mathilda, ich bin jünger als du, zweiunddreißig. Ich wohne da drüben, am anderen Ende des Parks, in einem der Hochhäuser. Zwei Zimmer, Küche, Bad. Hellhörig ist es auch. Im Moment ist es nicht auszuhalten, sämtliche Gören haben Weihnachtsferien und hängen zu Hause rum. Nein, meine Nachbarn sind leider nicht in den Urlaub gefahren wie deine Leute und die halbe Nachbarschaft.«

»'n Abend, Schatz, wie war dein Tag?«, flötete Elmo.

Die Hausbar der Jacobis befand sich in einem antiken Barschrank und war ausgesprochen gut bestückt. Nach getaner Arbeit hatte ich mir einen Gin Tonic genehmigt und ihn auf dem Rattansofa im Wintergarten getrunken, zwischen Oleanderbüschen, Feigen-, Zitronen- und Olivenbäumen. Wenn ich die Füße auf den Tisch legte und die Augen schloss, war das fast wie Urlaub.

Am zweiten Tag – nach einer kräftigen Bloody Mary – hatte ich dem Papageien schonungslos meinen Kontostand offenbart, der mich zwang, allerhand unterschiedliche Jobs anzunehmen. Dazu hatte der Vogel taktvoll geschwiegen, doch ich war in Fahrt gewesen und hatte ihn mit meinem Liebeskummer überschüttet: »Mir erzählt er jahrelang etwas von Unabhängigkeit und Freiheit und dass eine Beziehung Distanz brauche, und dann zieht er Knall auf Fall bei dieser rehäugigen Tusse ein!«

Kopfunter am Gitter hängend, hatte Elmo einfühlsame Worte gefunden:

»Was machst du wieder Dreck!«
Heute mixte ich mir nach getaner Arbeit einen Blue Lagoon und blinzelte in den grauen Winterhimmel. »Morgen ist Heiligabend«, informierte ich Elmo. »Das wird für uns beide eine einsame Angelegenheit.«
»Halt den Schnabel«, knarzte der Papagei und hieb mit demselben in eine Feige, dass die Fetzen ins Bücherregal flogen. Ich holte einen Lappen und befreite einen Mondrian-Bildband vom Feigenfleisch. Elmo hüpfte derweil in seinen Käfig zurück, ich wollte den Augenblick nutzten, um die Gittertür … »Au! Verflucht noch mal! Das war mein Daumen, du blödes Vieh!«
Ich rannte in die Küche und wickelte Küchenkrepp um meine Wunde. Danach sammelte ich die Obstschnipsel vom Parkett und goss mit einer Hand die Bonsais auf dem Fensterbrett und die Kübel im Wintergarten. Kein Wort mehr würde ich für den Rest der Wochen mit dem rabiaten Vogel reden, das schwor ich mir.
Ich sei nachtragend *wie ein Elefant*, hatte Markus behauptet. Da mochte er richtigliegen. Ich vergaß nie, wenn man mich verletzte.
Durch die offen stehende Haustür tönte rasendes Gebell von Buddy. Ich ging nachsehen. Es war nichts. Buddy bellte häufig wegen nichts. Ich leinte ihn ab. Auf zum nächsten Job.
Bei den Kleibers, die in einem schmucken Reihenhäuschen wohnten, die Feiertage aber in einem Yoga-Retreat in Sri Lanka verbrachten, gab es nicht viel zu tun: Post reinholen, Napf säubern und nachfüllen, Wasser erneuern, das war alles. Die Katze pflegte ihre Geschäfte in Jacobis japanischem Steingarten zu erledigen, Konversation war nicht verlangt, und Zimmerpflanzen gab es keine mehr, seit es die Katze gab. Den roten Weihnachtsstern, den vermutlich jemand in guter Absicht mitgebracht hatte, hatte sie bereits zerstört.
Die Katze war nicht da. Ein Loch mit einer Klappe in der Terrassentür war ihre Pforte zu einem freien Leben, es schien ihr egal zu sein, wer für sie die Futterdose öffnete. Beim Verlassen des Hauses schloss ich die Tür sorgfältig hinter mir ab, das hatten mir sowohl die Jacobis als auch die Kleibers ans Herz gelegt, denn Einbrecher würden keinen Urlaub machen, ganz im Gegenteil, während der dunklen Jahreszeit hätten Ganoven Hochsaison.
Zu Hause schüttete ich gerade Unmengen von Trockenfutter in Buddys Napf, als mein Handy klingelte. Auf dem Display stand *Amore*. Ich musste das schleunigst ändern.
»Jaah…?« Ein rostiger Nagel saß mir in der Kehle. »Tilda, wie geht's denn so, alles im Grünen?«, trompetete Markus.
»Ja. Gut. Sehr gut«, antwortete ich atemlos.
»Was machst du so? Noch immer bei dieser Tussen-Zeitschrift?«
»Nein, ich bin jetzt selbständig«, erklärte ich.
Neben meinen Tier- und Haussitter-Jobs ließ ich Kunden in Supermärkten Dosensuppen, Kräuterschnaps und vegetarischen Brotaufstrich probieren. Ich bin kein Verkaufstalent, und es fehlt mir an optimistischer Ausstrahlung. Entsprechend verdiene ich.
Nachdem Markus mich verlassen hatte, kündigte ich meine Stelle in der Redaktion einer Zeitschrift mit der Zielgruppe *young*, *urban*, *sophisticated women*. Es war mir unerträglich gewesen, locker-flockige Artikel über Klamotten, Kosmetik, Sex und Beziehungskram zu verfassen.

Ich fragte, was er wolle.
Mich besuchen wollte er. Er war auf dem Weg von Hamburg nach Zürich, wo er Rehauge bei deren Eltern abholen sollte, um danach in den gemeinsamen Skiurlaub zu starten. Und da ich gerade so günstig auf dem Weg läge ...
Günstig war das Schlüsselwort. Die Hotelkosten waren es also. Er war schon immer ein Knauser gewesen.
»Ich hab da noch diesen Termin, aber ich könnte gegen sieben bei dir sein, wenn's gut läuft.«
Noch gute zehn Stunden. Genug Zeit, um den Saustall hier aufzuräumen, zum Friseur zu gehen ... Friseur? *Einen* Tag vor Heiligabend? Eine Wahnvorstellung. Zu wenig Zeit auch, um fünf Kilo abzunehmen und die Wohnung zu wechseln. Denn ob aufgeräumt oder nicht, er würde die Bude sehen und sofort wissen, dass ich mich auf dem absteigenden Ast befand. Das Ganze schrie förmlich: *Prekariat!* Ich musste mir schleunigst etwas einfallen lassen.
»Oder komme ich ungelegen?«, fragte er.
»Nein, nein«, sagte ich leichthin. »Das lässt sich schon einrichten. Aber weißt du ... ich bin umgezogen.«
»Was? Du hast diese nette Altbauwohnung aufgegeben?!«
»Ich wohne in der Lessingstraße 30. Bis später, ich freu mich«, säuselte ich und drückte ihn weg. Danach musste ich erst einmal tief durchschnaufen. War das nicht ein bisschen dick aufgetragen? Hätte es nicht das Kleiber'sche Reihenhäuschen auch getan? Würde Markus mir die Jacobi-Villa abnehmen? Die tischtennisplattengroßen Bilder, die Seidenteppiche, die bronzene Vogelskulptur, die Bonsais, die B&O-Stereoanlage? Den Papageien? Das alles war so gar nicht mein Stil.
»Du hast gar keinen Stil«, hatte ich mir des Öfteren von Markus vorhalten lassen müssen, und wenn ich mich so umschaute ...
Im selben Moment kam mir eine Idee.
Gegen Mittag betrat ich mein neues Heim. Im Radio lief *Last Christmas*, der Bronzevogel war vom Sockel gefallen und hatte dabei eine tiefe Scharte in das Parkett gestempelt. Der Ginkgo-Bonsai lag am Boden, der Topf in Scherben. Überall waren Federn; große, smaragdgrüne und kleine, flaumige in Grau und Weiß, die bei jedem Luftzug ins Wirbeln gerieten. Was von Elmo übrig war, lag zerrupft am Boden. Ich bereute es, zuletzt so muffelig zu ihm gewesen zu sein, besonders als mir einfiel, dass ich die Käfigtür nicht mehr ordentlich geschlossen hatte, nachdem er mich in den Finger gezwickt hatte. Auch an Buddys rasendes Gebell erinnerte ich mich jetzt wieder. Wahrscheinlich war Kleibers Raubtier am angebundenen Hund vorbei durch die angelehnte Haustür frech in die Villa stolziert, hatte in einem Winkel mein Verschwinden abgewartet und war dann zur Mordtat geschritten. Den Spuren nach hatte es den Vogel unter optimaler Ausnutzung der Räumlichkeiten zu Tode gehetzt. Lange dürfte der Spaß nicht gedauert haben, Elmos Kondition war garantiert nicht die beste gewesen, bei seiner Hühnerfigur.
Die Verbrecherin begrüßte mich maunzend in der Küche. Schimpfend jagte ich sie hinaus.
Auf den Schrecken brauchte ich erst einmal einen Wodka, pur, ohne alles. Dann fegte ich Topfscherben und Federn auf, legte den Toten in den Käfig und stellte ihn in den Abstellraum. Trotz dieses Zwischenfalls, erkannte ich, stand

dem Abend mit Markus nichts im Weg. Doch wie sollte ich den Jacobis das Ableben ihres Haustiers erklären, ohne dass meine Nachlässigkeit zur Sprache kam? Schließlich fiel mir auch für dieses Problem eine Lösung ein.

Markus kam pünktlich um sieben. Er fuhr zweimal am Haus vorbei und hielt erst an und stieg aus, als er mich lässig in der Haustür lehnen sah, neben der mit tausend kleinen LED-Lämpchen bestückten Weißtanne. Das kleine Schwarze von Elvira Jacobi passte wie für mich gemacht, und die Nerzstola wärmte meine Schultern. Ich bekam Herzflattern und weiche Knie, als er auf mich zukam, doch als er schließlich vor mir stand – er hatte zugenommen, und mir fiel zum ersten Mal auf, wie schlaff seine Kinnpartie schon war –, hatte ich mich wieder gefangen. Ich brauchte bloß an Rehauge zu denken, und mir vergingen die Sentimentalitäten. Förmlich hielt ich ihm meine Wange entgegen, worauf er seine ausgebreiteten Arme wie lahm gewordene Flügel sinken ließ. Hatte er etwa angenommen, dass ich ihm um den Hals fallen und ihn abknutschen würde?

Ich bat ihn herein. Zur Begrüßung gab es einen Mojito, seinen Lieblingsdrink, wie er entzückt bemerkte.

Wie gesagt, ich vergesse nichts.

Ehrfürchtig durchwanderte Markus unter meiner Führung die Räume. Auch das Schlafzimmer zeigte ich ihm. Seine kindliche Neigung, alles anzufassen, was ihm gefiel, sollte ihm bald zum Nachteil gereichen. Ich erzählte ihm von meinem Neuen: Ferdinand. Er und ich würden demnächst heiraten. Ferdinand, so zwitscherte ich drauflos, sei leider noch auf Geschäftsreise in Abu Dhabi. Er müsse einen heiklen Deal zum Abschluss bringen. »Diese Scheichs kennen ja kein Weihnachten.« Ich hatte ein paar Bilder von *Ferdinand* aus dem Netz hochgeladen; ein kanadischer Eishockeyspieler, groß, dunkelblond, Kleiderschrankfigur, Augen wie Saphire. Markus reagierte recht wortkarg, als ich sie ihm zeigte.

Im Wintergarten wartete wohltemperiert ein 94er Mouton-Rothschild aus Jacobis Weinkeller auf uns. Natürlich wurde ich mürbe, als wir eng aneinander auf dem Rattansofa unter dem winterlichen Sternenhimmel saßen und Markus die Stelle neben Frau Jacobis Diamantohrclip küsste. Bald darauf lagen wir wild ineinander verbrezelt auf dem Berberteppich im Wohnzimmer. Ich Schaf war kurz davor, meinen ausgefeilten Plan zu entschärfen, als ich ihn *ah, Birgit* … röcheln hörte. Sein Fehler.

Diese Zwangshandlung, sich nach dem Sex sofort ins Bad stürzen zu müssen, hatte ihm offenbar auch Rehauge nicht austreiben können. Wenigstens bekam ich dadurch sein Handy und seine Wagenschlüssel in die Finger.

»Wäre übrigens nett, wenn du noch ein wenig bleibst«, sprudelte ich munter hervor, als er aus dem Bad kam. »Mein Ferdinand kommt nun doch schon heute Abend, er ist gerade gelandet und sitzt schon im Taxi. Ich fände es schön, wenn ihr euch kennenlernen würdet.«

Um Ausgaben zu umgehen, tat Markus so manches, aber welcher Mann hätte sich freiwillig diesem Übertypen gestellt? Erwartungsgemäß kniff Markus den Schwanz ein. Ich hätte vielleicht Nerven, murmelte er und verabschiedete sich etwas überhastet. »Fröhliche Weihnachten«, rief ich ihm nach und winkte, als er in seinem BMW davonbrauste.

Ich fing im Schlafzimmer an: fegte sämtliche Klamotten aus den Schränken, Handtücher und Bettlaken hinterher, Dessous stoben aus Schubladen, die Schubladen stürzten hinterher, dann die Nachttischlampe. Ähnlich erging es den Papieren und der Einrichtung in Dr. Jacobis Arbeitszimmer und den Kosmetika im Bad. Nur mit den Parfüms war ich vorsichtig, ich wollte nachher nicht von einer verräterischen Duftwolke umgeben sein. Als Nächstes wütete ich im Erdgeschoss. Bald lagen die Bücher da wie ein umgestürzter Stapel Brennholz, Glas und Porzellan folgten mit Karacho. Um manche Stücke tat es mir ehrlich leid, aber das Inferno diente einem höheren Zweck, das hielt ich mir stets vor Augen, und die Jacobis waren bestimmt versichert. Solche Leute sind immer versichert. Der Bronzevogel kippte erneut vom Sockel, die Bonsais vom Fensterbrett und die Flaschen aus der Hausbar, wobei mir ehrlich das Herz blutete. Ich räumte die Weingläser und die Flasche weg, platzierte den leeren Papageienkäfig und Elmos Leiche wieder im Zentrum der Verwüstung und vergaß nicht, die vorhin aufgefegten Federn und Topfscherben wieder auszustreuen. Zu guter Letzt wickelte ich den schweren Granitaschenbecher in ein Küchentuch und schlug damit die Terrassentür von außen ein. Ich verräumte Tuch und Aschenbecher und kehrte der Schweinerei den Rücken zu.

In meiner eigenen Wohnung holte ich den beleidigten Buddy ab, zum Abendspaziergang entlang der weihnachtlich erleuchteten Gärten. Wie hübsch und geschmackvoll das alles war. Zum ersten Mal kam bei mir Weihnachtsstimmung auf.

»Buddy, wo ist die böse Katze?«, wisperte ich, als wir Jacobis Vorgarten erreicht hatten. Prompt geriet der Hund außer Rand und Band. Sein Gebell bildete den idealen Hintergrund für mein Gespräch mit der Polizei.
Für das Protokoll: *Ich war mit dem Hund Gassi, als ich in Jacobis Villa Licht sah und Geräusche vernahm. Ich ließ den Hund los, er sprang bellend ums Haus, in diesem Moment kam der Mann aus der Tür, er trug ein Bündel in der Hand, rannte auf ein parkendes Auto zu, stieg ein und schoss davon wie eine Rakete. Ein BMW mit Hamburger Nummer. Danach PS 189 oder 198, das weiß ich nicht mehr so genau. Die Aufregung, Sie verstehen?*

Sie fassten Markus am nächsten Morgen an der Schweizer Grenze. Ich hätte gerne sein Gesicht gesehen, als man Elvira Jacobis Schmuck unter seinem Fahrersitz entdeckte. Meine Zeugenaussage und seine zahlreichen Fingerabdrücke am Tatort bestätigten seine Schuld vor Gericht. Der lächerlichen Behauptung, ich hätte ihn eingeladen und aus Rache gelinkt, widersprach ich vehement. Da ich meine Kontaktdaten und all unsere WhatsApp-Nachrichten von seinem Handy getilg hatte, glaubte ihm der Richter kein Wort.
Er bekam achtzehn Monate für Einbruchdiebstahl und Vandalismus. Die rehäugige Tussi hat ihn verlassen. Bei guter Führung kann er in drei Monaten rauskommen. Vielleicht hole ich ihn ab.

Ende

Hier aufschlitzen

10. Dezember

NANÉ LÉNARD

Der Leuchtturm

Die alte Marga stand am Hafen von Neuharlingersiel und schüttelte den Kopf über den spinnerten Krams, den sich die jungen Lüüt da ausgedacht hatten. Sie meinte, wenn sie vom Jungvolk sprach, die Mittfuffziger und ältere Semester, denn sie selbst ging bereits auf die Hundert zu.

»Watt für een Schiet un Düvelswark«, wetterte sie, als die große Eisskulptur in Form eines Leuchtturms leicht zu schwanken begann wie der mahnende Zeigefinger Gottes.

Sie war auf einer Plattform im Hafenbecken aufgestellt worden und musste ständig gekühlt werden, damit das Kunstwerk nicht frühzeitig dahinschmolz. Fünf Künstler waren seit Mitte November mit Säge, Hammer und Meißel beschäftigt gewesen. Zuvor hatte man den Rohling mit einem Bohrkern innen ausgehöhlt und ein Aggregat angebracht für Kühlung und Illumination. Die ganze Sache wirkte nämlich nur mit Licht und sollte ein neues Highlight an der Küste werden.

Man ärgerte sich nämlich schon seit Längerem, dass die in Carolinensiel das ganze Geld der Winter-Touristen abzogen, die sich vereinzelt während der kalten Jahreszeit bei Schietwetter im Norden aufhielten. Ja, der schwimmende Tannenbaum und die kleinen Buden rund um den historischen Hafen hatten was, aber sie konnten hier in Neuharlingersiel noch einen draufsetzen. Tannenbaum war gestern – Eisskulptur heute. Etwas von dem Kuchen wollte man sich selbst abschneiden. Deswegen hatte man nicht nur die kleinen Hütten aufgestellt, sondern auch eine Bar sowie ein kleines Hotel mit vier Doppelzimmern aus Eis bauen lassen. Der Vorteil war, dass es auf den Kais und am Anleger einfach mehr Platz gab als am alten Hafen von Caro. Eine überregionale Werbekampagne wurde gestartet. Busfahrten wurden angeboten. So eine Premiere war schon etwas Besonderes. Etliche Küstenliebhaber reisten an, um den illuminierten Weihnachtsleuchtturm zu sehen. Üble heimische Zungen hatten sich allerdings über die Skulptur lustig gemacht und sie als Phallussymbol bezeichnet.

Doch jetzt standen sie alle da, die sich das Spektakel ausgedacht und zum Teil finanziert hatten. Sympathisanten und Neider. Jeder wartete auf den großen Moment, in dem der kristallene Leuchtturm so hell erstrahlen würde, dass man ihn bis weithin aufs Meer sah. Geschäftsleute, Hoteliers, Gäste, aber auch die alte Marga, Rechtsmediziner Enno und Hinnerk, Fischer im Ruhestand, starrten gebannt in das Hafenbecken. Oben aus dem Dattein sahen Oma Pusch und ihre Freundin Rita zu. Die Wohnzimmerfenster gingen direkt zum Hafen hinaus. Dick eingemummelt hatten sie einen wahren Logenplatz.

»Endlich mal nix Kriminelles«, seufzte Rita, ganz im Adventszauber gefangen.

»Auch heimliche Ermittler brauchen mal eine Pause«, sagte Oma Pusch und prostete ihr zu, den Grog in der Hand.

Es war der Samstag vor dem ersten Advent. Besinnliche Weihnachtsmusik spielte im Hintergrund. Der Duft von Glückwein und Bratwurst lag in der Luft. Selbst das Wetter spielte mit. Der raue Wind war eingeschlafen und die Temperatur erträglich. Umrahmt von wenigen Wolken versank die Wintersonne glutrot in der Nordsee. Allein dieses Schauspiel der Natur war ein reiner Genuss. Doch es sollte noch besser kommen. Denn, nun war es so weit!

Strom an!

Es glomm, es surrte, fing an zu glitzern und funkeln. Ein »Ahh« ging als Raunen durch die Menge, doch noch bevor das Kunstwerk wirklich in voller Pracht erstrahlen konnte, zischte es drohend und zuckte, dann gab es einen riesengroßen Knall.

Die Menschen schrien und duckten sich. Eisbrocken flogen durch die Luft, kamen auf dem Kai auf, trafen die Fischerboote und landeten zum Teil im Meer. Einige Schaulustige wurden von den Geschossen getroffen. Zum Glück stellte sich später heraus, dass niemand ernsthaft zu Schaden gekommen war – mit Ausnahme des Leuchtturms. Der war hin.

Oh Schreck, das neue Wahrzeichen der bekannten Küstenstadt hatte sich in alle Winde verstreut. Aber was lag da schwarz und verkohlt auf der Plattform? Der verschmorte Kabelsalat konnte doch nicht diese Dimension angenommen haben? Und wieso hatte er so eine komische Form?

Lina Hansen, die an der Ostseite direkt vor der Bäckerei von Johann Hinrichs stand, erkannte als Erste, dass der schwarze Klumpen hochhackige Lackstiefel trug. Der Schrei erstickte in ihrer Kehle, als sie umkippte und hart mit dem Kopf auf dem Boden aufkam. Passanten kümmerten sich um die alte Dame. Auch Fischer außer Dienst Hinnerk hatte entdeckt, dass da eine Frau auf der schwimmenden Plattform liegen musste. »Oh ha«, stöhnte er, denn er wusste darüber hinaus sofort, um wen es sich handelte. »Nu brauchen wir wohl einen neuen Bürgermeister!«

»Do geiht watt üm!«, kam es von Marga, deren Zittern nicht nur von der zunehmenden Kälte kam.

»Wieso neuer Bürgermeister?«, fragte Enno, der seine Brille aus ästhetischen Gründen ungern außerhalb seiner Obduktionen trug.

»Mensch, da liegt Fiene Lührsen, siehst du das nicht?«, fragte Hinnerk aufgeregt.

»Nee«, gab Enno zu und fingerte in seiner Manteltasche nach der Sehhilfe. »Oh ha«, wiederholte er Hinnerks Worte. »Ich sehe wohl scharfe Stiefel, aber woher weißt du, dass sie der Bürgermeisterin gehören?«

Hinnerk grinste verlegen. »Äh, ja, ich stand da zufällig bei der Generalprobe so rum, wo sie ihre Rede hielt in der Muschel. Und da dachte ich bei dem Blick auf ihre Füße, dass ich das auch mal gerne so machen würde wie die Rennfahrer.«

Enno verstand nur Bahnhof. Er guckte Hinnerk ratlos an.

»Na, Mensch«, flüsterte der Fischer, dessen eines Bein nach dem Unfall auf hoher See zu kurz war. Er trippelte mit roten Wangen herum, »da hätt ich gern einen Schluck draus genommen, aus diesen Lackdingern.«

Es fiel Enno nicht leicht, sich das Lachen zu verkneifen. »Ich kann sie dir nach der Leichenschau zur Verfügung stellen, falls sie nicht als Asservat aufbewahrt werden müssen oder die Familie Anspruch darauf erhebt. Reicht dir einer?«

Hinnerk winkte ab. Nachdem da tote Füße drin gewesen waren, nahm er lieber davon Abstand. Er hatte irre Angst vor Leichengift.

»Okay, dann besorg mir mal schnell ein Boot, damit ich die Sache in Augenschein nehmen kann, und ruf die Polizei an«, bat Enno.

»Polizei?«, fragte Hinnerk verstört, denn er hatte ein schräges Verhältnis zu den Beamten.

»Die verständigt man gemeinhin bei einem unklaren Todesfall«, sagte Enno und tätschelte Hinnerks Schulter. »Ich muss schnell meine Tasche aus dem Auto holen.«

Noch bevor Hinnerk sein neues Smartphone aus der Tasche ziehen konnte, zog etwas an seinem Ärmel und lotste ihn in eine Nische.

»Lass das, Lotti«, beschwerte sich Hinnerk bei Oma Pusch und ihrer Freundin Rita. »Ich soll die Bullen anrufen, sagt Enno.«

»Brauchst du nicht, hab ich schon«, zischte Oma Pusch in sein Ohr. »Außerdem ist mein Neffe Eike sowieso schon hier.«

»Ach ja, ein Glück«, seufzte Hinnerk erleichtert, »der ist ja Kommissar.«

»Oberkommissar«, erwiderte Oma Pusch stolz. »Nach dem Knall sind wir zwei sofort runtergekommen. Ist jemand verletzt? Wir konnten das von oben nicht so genau sehen. War das ein Anschlag?«

Hinnerk zog die Schultern hoch. »»Keine Ahnung, ob das außer der Bürgermeisterin noch wen erwischt hat.«

»Was?«, entfuhr es Rita. »Wie erwischt? Was meinst du damit?« Auch Oma Pusch dachte, dass sie sich verhört hatte. »Fiene? Ist sie tot?«

»Ich schätze schon, wenn das Ding um sie rum einfach so explodiert ist«, mutmaßte Hinnerk.

»Wieso? War sie denn auf der Plattform?«, erkundigte sich Oma Pusch. »Aber sie kann doch unmöglich bei dem Eisleuchtturm gewesen sein. Das hätten alle gesehen.«

»Woher soll ich das wissen, wo sie sich rumgetrieben hat?«, wollte Hinnerk wissen. »Ich hab vorhin nur mitgekriegt, dass sie sie gesucht haben wegen der Verkabelung für die Rede.«

»Vielleicht war sie im Leuchtturm?«, überlegte Rita laut.

»Falls ja, dann aber sicher nicht freiwillig«, sagte Oma Pusch. »Wer weiß, was oder wer da dahintersteckt.«

»Mir egal, ich soll Enno ein Boot besorgen«, fiel Hinnerk wieder ein.

»Wir kommen mit!«, kam es von Oma Pusch. Ihr Tonfall ließ keine Widerrede zu.

Enno seufzte leise, als er Hinnerk mit den beiden Damen im Schlepptau im Boot sah. »Ich steige erst ein, wenn die beiden aussteigen«, erklärte er und verschränkte die Arme.

»Das ist gemein«, schimpfte Oma Pusch. »wir würden auch sitzen bleiben.«

»Und mir bei der Arbeit zusehen?«, fragte Enno schmunzelnd. »Mit dem Teleobjektiv auf deiner Kamera?«

»Dann eben nicht«, brummte Oma Pusch schmollend. »Setze ich mich halt auf den Kutter von Tamme Friedrichsen und gucke von da oben durch mein lichtstarkes Objektiv genau auf die Plattform. Blitz auf Dauerleuchtefunktion, versteht sich. Ist vielleicht sogar noch besser vom Blickwinkel her. Ohne Funzel wirst du übrigens auch nicht auskommen. Soll ich dir meine Taschenlampe leihen? Ist aber ein bisschen schwach auf der Brust. Den Blitz brauche ich selber. Wenn du uns aber mitnimmst …«

»Ist ja schon gut«, murmelte sich Enno in seinen nicht vorhandenen Bart, »aber ihr bewegt euch kein Stück von der Stelle und schaut in die andere Richtung.«
»Klar«, sagte Oma Pusch und kreuzte die Finger hinter ihrem Rücken.
Auch Rita nickte scheinheilig.
Enno verdrehte die Augen und gab Hinnerk das Zeichen loszurudern. »Hast du eigentlich kein anderes Boot gefunden?«
»In der Eile nicht«, sagte Hinnerk beleidigt. Wieso beschwerte der sich eigentlich? Schließlich ruderte er die Bagage sogar.
»Meint ihr, dass einer aus Caro dahintersteckt?«, fragte Oma Pusch plötzlich unvermittelt und erschrak sich selbst bei diesem perfiden Gedanken.
»Ja genau«, rief Rita empört, »man gönnt uns unser eigenes Weihnachtsevent nicht.«
Hinnerk lachte und machte an der Plattform fest.
»Was ist denn daran so witzig?«, fragte Oma Pusch empört.
»Könnte dann jeder aus Caro sein«, erklärte er immer noch grinsend. »Viel Spaß, wenn ihr dort rumfragt. Niemand wird euch ein Wort sagen. Jeder weiß, wo ihr herkommt.«
»Da hat er recht«, erwiderte Rita enttäuscht.
»Wir müssten einen Spitzel finden«, schlug Oma Pusch vor. »Jemanden aus Caro, dessen Wurzeln aus Neuharlingersiel stammen und der dem alten Heimatort noch mehr verbunden ist als seinem jetzigen Wohnort.«
»Oder einen aus Esens, dem es egal sein kann, wer wo an der Küste seine Attraktivitäten plant«, wandte Enno ein und krabbelte auf die Plattform. »So, Lotti, du leuchtest jetzt und guckst in die andere Richtung. Ist das klar?«
Oma Pusch lächelte ihn mit dem unschuldigsten Gesicht an, das ihr möglich war. »Ach, und an wen aus Esens hattest du da gedacht?«
»Na, an deinen Sohn Nils«, schlug Oma Puschs Schwager Enno vor.
»Dein Neffe ist Bestatter, kein Detektiv«, sagte sie und winkte ab.
»Eben«, legte Enno nach, »deswegen ist er ja auch so gut geeignet. Er kann sich in Menschen einfühlen, spricht sanft mit ihnen. Fast wie ein Beichtvater. Da könnte was gehen. Aber jetzt lasst mich erst mal meine Arbeit tun.«
»Ich finde die Idee gut«, mischte sich Rita ein.
Oma Pusch schwieg und leuchtete. Sie fand, dass alle zu einseitig dachten. Ob nun tatsächlich ein Konkurrenzkampf hier an der Küste zu einem Mord führen konnte? Das glaubte sie nicht unbedingt. Oftmals waren doch eher zwischenmenschliche Dinge der Grund, weswegen einer tötete. Gut, die Fiene hatte sich sehr für dieses Spektakel aus Eis eingesetzt, aber ob man sie deswegen gleich meucheln musste? Wenn sie denn überhaupt tot war, was Enno gerade untersuchte. Vorsichtig schielte sie in seine Richtung und sah, dass er die Hand der Bürgermeisterin in Augenschein nahm, die schlaff in seiner lag. Da schien kein Leben mehr drin zu sein. Verkohlt war sie aber auch nicht. Höchstens der eine Fleck da konnte auf eine Verbrennung hindeuten, fand sie und hatte auch schon eine Theorie.
»Exitus«, rief Enno dem Boot zu. »Hoffentlich kommt der Herr Oberkommissar bald. Die Spurensicherung wird auch anrücken müssen. Ich bin hier erst mal fertig.«

Morgen geht es weiter

Hier aufschlitzen

11. Dezember

»Jetzt schon?«, fragte Rita verblüfft.
»Ja klar«, antwortete Oma Pusch, »ist doch naheliegend, dass sie an einem Stromschlag gestorben ist. Mehr wird er hier so schnell auf dem schaukelnden Ding nicht feststellen können.«
Enno stöhnte. »Es ist schlimm mit dir, Lotti. Jetzt weiß ich genau, dass du doch hingeschielt hast. Aber du hattest versprochen …«
»Papperlapapp«, schnitt Oma Pusch ihm das Wort ab. »Ich bin doch nicht blöd. Sie wird wohl kaum erfroren sein, und da das Eisding beim Anschalten explodiert ist, käme jeder Blinde mit Krückstock auf diese Idee.«
»Dann hast du die Stromaustrittsstelle also nicht gesehen?«, fragte Enno und fixierte sie mit einem stechenden Blick.
»Ich weiß nicht, wovon du sprichst«, flunkerte Oma Pusch, die sich freute, dass ihr Schwager ihre Theorie bestätigt hatte. Aber Enno schüttelte nur den Kopf.
Plötzlich rauschte ein Motorboot heran. Oberkommissar Eike Hintermoser, ein Neffe von Oma Pusch, hatte bereits Benno Siebenstein von der Spurensicherung an Bord und schlug sich die Hände vor den Kopf, als er seine Tante mit Rita im Schlepptau auf dem Wasser schaukeln sah.
»Seht zu, dass ihr Land gewinnt, Lotti«, rief er drohend in Richtung des Ruderbootes, und Hinnerk ruderte so schnell er konnte zum Kai.
»Ich will nicht, dass Nils da mit reingezogen wird«, ärgerte sich Oma Pusch, als sie die Mauer hochstieg. »Der ist doch bekannt wie ein bunter Hund, und jeder weiß, dass er mein Sohn ist. Außerdem glaube ich nicht an diesen Mist, dass jemand aus Caro daran interessiert war, Fiene aus dem Weg zu räumen.«
»Wie hat man sie überhaupt dort auf die Plattform gekriegt?«, überlegte Rita laut.
»Entweder unter einem Vorwand oder betäubt«, sagte Hinnerk, der ihr die Hand gab und an Land half.
»Klingt logisch«, gab Oma Pusch zu. »Auf ein Bierchen ins Dattein?«
»Wollen wir nicht lieber einen Glühwein am Stand trinken oder einen Grog in der Eisbar?«, erkundigte sich Rita.
»Bist du verrückt? Mir ist schon kalt.« Oma Pusch schlotterte. Die Temperaturen waren mittlerweile extrem gesunken. »Sauft doch, was ihr wollt, aber bitte im Warmen.«
Wie Schafe und ohne Widerworte folgten Hinnerk und Rita die wenigen Meter bis zu der alten Hafenkneipe, über der Oma Pusch wohnte.
»Wir können auch mit dir nach oben gehen«, versuchte Hinnerk sein Glück, der ans Bezahlen dachte und daran, dass er kein Geld dabei hatte.
Oma Pusch winkte ab. »Ihr seid eingeladen. Ich will Ronny nicht wecken. Der schläft bestimmt schon.« Der haarlose Graupapagei, der aussah wie ein lebendiges Brathühnchen, lebte seit einiger Zeit bei ihr. Dass sie noch einen anderen Grund im Hinterkopf hatte, verschwieg sie den beiden.

In der vertrauten Atmosphäre des Dattein hockte die alte Marga auf ihrem Rollator am Tresen und hatte bereits rosige Wangen vom Grog. In der alten Hafenkneipe war es heute fast vollkommen leer. Kein Wunder bei dem Weihnachtstrubel draußen. Sonst tobte hier abends immer der Bär. Auch nicht gerade gut fürs Geschäft, dachte Oma Pusch bei sich, während sie sich auf den Barhocker quälte. Sie hasste diese Dinger. Glücklicherweise bediente Silvia heute. Darauf hatte sie gehofft. Ihr Plan schien aufzugehen.

Nachdem sie bestellt hatten, begann Oma Pusch ganz beiläufig mit einer Frage, deren Antwort sie längst kannte. Es war nur der harmlose Einstieg in das Gespräch, in das sie Silvia verwickeln wollte. »Sag mal, Silvia, du wohnst doch neben Fiene?«

Die Thekenkraft nickte.

»Hast du schon von dem Unglück gehört?«, bohrte Oma Pusch weiter.

»Das war ja wohl nicht zu überhören«, erwiderte Silvia. »Dieser Knall, ich dachte, ein Kutter wäre in die Luft geflogen.«

»Wie war sie denn so, die Fiene?«, erkundigte sich Oma Pusch. »Sie war ja noch nicht lange im Amt.«

»War?«, kam es zögernd von Silvia.

Oma Pusch machte ein betrübtes Gesicht. »Ja, sie ist tot. Offensichtlich ein Opfer ihrer eigenen Lichtinstallation.«

»Ganz nett eigentlich«, begann Silvia, »aber auch ziemlich arrogant. Immer schick gekleidet. Ging viel aus und kam oft erst zurück, wenn ich Feierabend hatte. Das konnte dann schon mal zwei Uhr werden. Und grundsätzlich stieg sie aus einer Luxuskarosse mit verdunkelten Scheiben.«

»Allein?«, wollte Oma Pusch wissen.

»Ja, in der Garage«, verriet Silvia. »War ihr wohl peinlich, das Angeberding in der Einfahrt stehen zu lassen.«

Aha, dachte Oma Pusch. Geheime investigative Gespräche? Heimliche Machenschaften? Organisiertes Verbrechen? Alles war möglich.

»Schick war sie«, sinnerte Hinnerk und träumte vor sich hin, »und sie hatte echt geile Lackstiefel. Was für 'ne Luxuskarre war denn das?«

»So was mit einem Dreizack«, erinnerte sich Silvia.

Bei diesem Wort horchte die Alte auf und wurde bleich.

»Düvelswark, dat is all Düvelswark«, schimpfte Marga. »Nu is dat sowied. He kummt uns halen mit sin Wagen. Ick weet, do geiht wat för! Wi moot all in de Hell braden.«

»Ein Maserati«, rief Hinnerk verzückt, ohne sich um das Geschwätz der Alten zu kümmern.

Oma Pusch strich politische Verwicklungen von ihrer Liste der möglichen Mordmotive. So ein Fahrzeug hatte eher etwas Schlüpfriges. Sie forschte weiter nach.

»Hat das denn den Ehemann gar nicht gestört, dass sie immer so lange von zu Hause wegblieb?«

Silvia zuckte mit den Schultern. »Das weiß ich nicht so genau, aber gestern Abend hatten die sich so angeschrien, dass man jedes Wort hätte verstehen können.«

Oma Pusch war verdutzt. Entweder war es so laut, dass man alles hörte, oder man hatte sich etwas in die Ohren gestopft. Sie verstand den Begriff »hätte« nicht. »Du hast nicht zugehört?«

»Doch, das ließ sich wohl kaum vermeiden, aber ich habe deswegen nichts verstanden, weil es eine andere Sprache war, in der sie brüllte. Russisch vielleicht«, überlegte Silvia. »Seine Stimme ging völlig unter.«

Hinnerk, Rita und Oma Pusch waren perplex. Damit hatten sie nicht gerechnet.

»Also der einzige Maserati hier in der Gegend gehört zum Nixenparadies«, sagte Hinnerk und wurde leicht rot.

»Ist das nicht der Puff bei Altfunnixsiel?«, fragte Oma Pusch und lächelte verschmitzt.

»Da wird doch unsere Bürgermeisterin wohl nicht gearbeitet haben?«, erkundigte sich Rita verdutzt.

Die Freundinnen starrten Hinnerk an.
»Woher soll ich das bitte wissen?«, schimpfte der alte Fischer empört. »Ich treibe mich nicht in solchen Etablissements herum. Schon gar nicht bei meiner mageren Rente. Außerdem dachte ich, die wäre Rechtsanwältin.«
»Das eine schließt das andere nicht aus«, sagte Oma Pusch und knallte ihre Geldbörse auf den Tresen. »Bist du mit Auto da, Hinnerk?«
»Ja, aber ...«, begann er.
»Nix aber. Zeit, die alte Marga nach Hause zu bringen und dem armen Witwer einen Kondulationsbesuch abzustatten«, bestimmte Oma Pusch und zahlte für alle vier.

Nachdem die betagte Seniorin wohlbehalten in Esens angekommen war, fuhren Hinnerk, Rita und Oma Pusch wieder in Richtung Neuharlingersiel. In ihren Ohren hallten noch zahlreiche Teufelsgeschichten nach. Wenn man Marga glauben wollte, stand das Ende der Welt kurz bevor.
Dann endlich hielten sie vor dem Haus der Bürgermeisterin. Innen brannte Licht.
»Du willst doch wohl nicht wirklich da reingehen?«, fragte Rita.
»Darum bin ich hier«, antwortete Oma Pusch. »Ich will die Erste sein, die ihn mit dem Tod seiner Frau konfrontiert.«
»Ist doch komisch, dass der gar nicht am Hafen bei der Feier war«, fiel Hinnerk ein.
»Oder er ist schon zurück«, mutmaßte Rita. »Ich gucke jetzt erst mal durchs Fenster«, nahm sich Oma Pusch vor. »Ihr wartet hier am Wagen.«
Vorsichtig schlich Oma Pusch zum Haus und lugte durchs Küchenfenster, aber da war niemand. Also ging sie weiter bis zur Ecke, um einen Blick ins Wohnzimmer zu wagen. Da stand Holger Lührsen als Weihnachtsmann und verstaute gerade zwei Koffer in alten Jutensäcken.
»Kommt schnell, das müsst ihr sehen«, rief Oma Pusch leise in Richtung Straße. »Der will sich absetzen.«
Wie der Blitz rannten Hinnerk und Rita zum Gebäude und starrten auf die groteske Szene.
»Wir müssen ihn aufhalten«, stammelte Rita, »ruf doch schnell deinen Neffen Eike an. Er soll kommen.«
»Und wie willst du ihn stoppen?«, fragte Oma Pusch verzweifelt, während sie Oberkommissar Hintermosers Nummer wählte.
»Ich habe eine Idee«, flüsterte Hinnerk, und schon war er weg. Nachdem er kurz die Motorhaube seines Wagens geöffnet und darin herumgefummelt hatte, klingelte er bei den Lührsens. Holger würde keinen Verdacht schöpfen, wenn so ein alter, hinkender Mann vor der Tür stand.
Als der Weihnachtsmann öffnete und ihn unwirsch anblaffte, rief Hinnerk nur: »Sie schickt der Himmel! Bitte helfen Sie mir. Mein Wagen springt nicht an. Die Batterie ist wohl älter als ich. Können Sie mir Starthilfe geben?«
Der verkleidete Holger zögerte und sah auf die Uhr. »Aber nur, wenn's ganz schnell geht. Ich muss gleich weg. Da brauche ich eh meinen Wagen. Schieben Sie Ihren auf den Hof, mit der Schnauze zur Garage.«
Hinnerk sah ihn hilflos an und zeigte auf sein Bein. Er brauchte Hilfe. Widerstrebend packte der Weihnachtsmann mit an. Wenig später öffnete sich das Rolltor, und vor Hinnerk stand einladend der schwarze Maserati, den er gerne einmal gestreichelt hätte, vielleicht auch geküsst, aber er durfte sich

nichts anmerken lassen. Es war schon ein Segen, dass ihm dieser Schlitten Lebenssaft für seine Schrottkarre gab, die überdies auch noch nicht einmal ihm selbst, sondern seiner Vermieterin gehörte.

»Das ist sehr freundlich von Ihnen«, säuselte Hinnerk verzückt und vergaß dabei fast, mit wem er es wahrscheinlich zu tun hatte.

Weihnachtsmann Holger brummte nur unwirsch. Er schloss die Überbrückungskabel an und startete den Motor des Luxusgefährts. Das war Musik für Hinnerks Ohren. Aber es geschah natürlich nichts, denn der pfiffige Fischer hatte eine Zündkerze gelockert.

Nach einigen Versuchen – der Motor orgelte schon langsamer – schimpfte Holger, er müsse jetzt los. Aber Hinnerk begann zu husten.

»Moment noch!«, krächzte er. »Das Schieben ist mir auf die Pumpe gegangen. Mir ist ganz übel. Haben Sie ein Schlückchen Wasser?«

»Verdammt!«, fluchte der Weihnachtsmann und rannte ins Haus.

Das war der Moment, in dem Hinnerk endlich den Maserati berühren konnte. Ein Traum! Weich lag der Lack unter seinen Fingern. Hinnerk konnte den Augenblick genießen. Er musste einfach nur gar nichts tun. Weg konnte der Übeltäter nicht, denn Hinnerk stand mit seiner Rostlaube vor dem Traumauto. Der Fischer grinste. Da nützte der schnellste Wagen nichts. Von Ferne hörte man das Martinshorn.

Oberkommissar Eike Hintermoser war froh, dass sich der Fall so schnell aufgeklärt hatte. Was jetzt jedoch alles ans Tageslicht kam, ließ sogar die Beamten staunen. Bürgermeisterin Fiene Lührsen, geborene Ogoreva, hatte nebenberuflich das Nixenparadies geleitet. Leider war ihr entgangen, dass sich ihr Mann Holger mit einer der jungen Damen heimlich getroffen hatte, und das auch noch in ihrem eigenen Zuhause. Als dieser Umstand durch einen Zufall doch herausgekommen war, hatte es einen riesengroßen Streit gegeben, in dessen Folge sie ausgeglitten und leider auf den Design-Türstopper gefallen war. In seiner Panik hatte Holger die tote Fiene auf die Plattform am Hafen geschleppt und im Leuchtturm versteckt. Da sich das durch das mittelgroße Loch im Eis nicht ganz einfach gestaltete, hatte er die Elektrik versehentlich beschädigt.

Rechtsmediziner Doktor Enno Esen sollte später bei seiner Sektion herausfinden, dass Fiene nicht an ihrer Kopfverletzung gestorben war. Wahrscheinlich hätte sie gut gekühlt im Eis auch überlebt, wäre da nicht der Strom gewesen, der anstatt durch die Leitung nun lieber durch ihren Körper geflossen war und das Herz außer Kraft gesetzt hatte.

Vielleicht war aber alles auch ganz anders gewesen, und Holger hatte seine Frau mit einem Schlag auf den Kopf absichtlich bewusstlos gemacht, um sie später in der Eisskulptur in den Stromkreislauf einzubauen. So konnte er sie für immer loswerden. Ein fieser Mord, von langer Hand geplant? Möglich. Denn da war ja noch das Betthäschen, mit dem er im Weihnachtsmannkostüm abhauen wollte und das nun weinend – als Christkind verkleidet – vergebens auf seinen Retter wartete.

Ende

Hier aufschlitzen

12. Dezember

TATJANA KRUSE

In einem kühlen Grunde

GEWÄSSERSTECKBRIEF
Name: *Steinbacher See (Stausee) bei Schwäbisch Hall*
Größe: *ca. acht Hektar*
Tiefe: *max. vier Meter*
Fischereirechtliche Nutzung: *Angelgewässer*
Verein: *Fischzuchtverein Schwäbisch Hall e. V.*
Gemeldete Fischarten: *Döbel, Gründling, Hasel, Hecht, Rotauge, Wels*

1. Weihnachten, wie man es seinem ärgsten Feind nicht wünscht

Eisfischen.

Da denkt man doch spontan an die Ostsee und tiefgefrorene Angler auf riesigen Eisschollen, die irgendwann abdriften, woraufhin Bundeswehrhubschrauber unter großem Medienauftrieb zu Hilfe eilen müssen. Aber es geht auch anders.

Als Wilfried Teininger an diesem Sonntag in der Mitte des kleinen Steinbacher Sees mit der Stichsäge eine übermannsbreite, kreisrunde Öffnung in das Eis bohrte, schaute niemand zu. Kein Passant, für die war es viel zu früh am Tag und auch zu kalt, und schon gar keine Medien. Und wenn ihn doch jemand gesehen hätte, er hätte verständnislos den Kopf geschüttelt. Eisfischen auf dem Steinbacher See! Einerseits unerhört, weil noch nie da gewesen. Andererseits auch wieder einleuchtend logisch, weil man – selbst wenn sich eine Eisscholle abreißen sollte – nirgendwohin abgetrieben werden konnte. Fand zumindest Wilfried Teininger.

Wilfried Teininger war begeisterter Ganzjahresangler, und was er sich in den Kopf setzte, das führte er auch durch. Uferangeln war gestern. Heute angelte er Aug in Aug mit der Gefahr auf der zugefrorenen Seemitte. Er klappte seinen Klappstuhl auf und warf die Angel aus.

Es war zwar nicht der kälteste Winter seit Menschengedenken, aber schon verdammt kalt. So kalt, dass die Eisschicht auf dem See selbst einen stattlichen Kerl (oder auch Fettklops, je nach Freundschafts- bzw. Feindschaftsgrad) wie Wilfried Teininger problemlos trug. Wilfried hatte sich in mehrere atmungsaktive Lagen Stoff gehüllt, was seine Windschnittigkeit nicht gerade erhöhte, aber seine Körpertemperatur wohlig stabil hielt. Außerdem hatte er sich mit drei Thermoskannen Brühe ausgestattet. Der Tag konnte kommen!

Leise rieselte der Schnee. Auf der anderen Seite fuhren die ersten Frühaufsteher mit dem Auto zum nächsten Bäcker. Doch nichts wollte anbeißen. Hätte Wilfried Teininger vor seiner Pensionierung nicht als Schließer in der

Schwäbisch Haller Vollzugsanstalt gearbeitet, er hätte auch als lebende Skulptur in der Fußgängerzone sein Auskommen finden können: Fast zwei Stunden lang rührte sich an ihm nichts. Kein Muskel und schon gar keine Extremität. Völlige Reglosigkeit. Sein Geheimnis war, dass er innerlich Weihnachtslieder summte. Eigentlich nur in Endlosschleife *O Tannenbaum*, denn das war das einzige Lied, dessen Text er komplett kannte. Da summte es sich dann auch leichter …

Als auf seiner Wollmütze schon ein recht anschauliches Schneehäubchen thronte und Wilfried Teininger gerade nach seiner Lieblingsthermoskanne greifen wollte, spürte er plötzlich: Er hatte etwas am Haken!

Man kann einem Nicht-Angler nicht beschreiben, welch ein Rausch an Glückshormonen in einem solchen Moment tsunamigleich durch den Blutkreislauf schießt.

Wilfried Teininger wollte nicht spekulieren, was er da an der Angel hatte, er holte sie einfach ein, was jedoch nicht ganz mühelos gelang. Es musste ein ordentlicher Brocken sein. Seine Atemwölkchendichte erhöhte sich rapide und erinnerte zunehmend an eine Dampflok.

Nach einigem Ruckeln zog er seinen Fang aus der eisigen Tiefe des Steinbacher Sees: Es war ein halbhoher, ehemals zweifellos kamelfarbener, jetzt aber matschbrauner Männerstiefel mit offener Schnürung.

Und einem menschlichen Fuß darin ...

2. Weihnachten – Das Übliche

Der Laie stellt sich das höchst einfach vor. Die Mordkommission findet heraus, dass eine Leiche in einen See geworfen wurde. Dann kommen mal eben schnell die Polizeitaucher, der Tote wird aus dem Wasser gefischt, fertig. Inklusive Anfahrt, Suchen, Bergen, Rückfahrt und anschließendem Schreibkram geht dafür maximal ein Arbeitstag drauf. Aber so dramaturgisch reibungslos verläuft das echte Leben leider nicht. Und schon gar nicht an Heiligabend.

»Das ist bestimmt der Vermisste!«, hatte sich Kommissar Nägele gefreut, als ihm die Kunde von dem Fuß zugetragen worden war, während er gerade das unsägliche Geschenk vom Abteilungswichteln am Vorabend in seinem Papierkorb entsorgte.

Bei dem Vermissten bezog Nägele sich auf einen »Fall ohne Leiche«. Ein Stuttgarter Autohändler war im Spätherbst verschwunden. Mitsamt seinen erklecklichen Ersparnissen. Und seinem Golf. Also, nicht *seinem* Golf, er persönlich fuhr Porsche, sondern dem Golf seiner Sekretärin. In der Wohnung des Ehemannes besagter Sekretärin entdeckte eine aufmerksame Streifenbeamtin, die eigentlich nur Routinefragen stellen sollte, dass ein blutverschmierter Herrenhemdsärmel aus dem Wäschekorb hing. Das Blut wurde analysiert und es stellte sich als das Blut des Autohändlers heraus. Der Ehemann der Sekretärin, die auf Nachfrage schulterzuckend eine Affäre mit ihrem Chef bestätigte und auch einräumte, dass er seine Konten geplündert hatte, um mit ihr durchzubrennen und in Brasilien völlig neu anzufangen, wurde festgenommen, schwieg sich aber aus.

Im Zuge der Ermittlungen fand die Soko heraus, dass eine Überwachungskamera den Golf an einer Tankstelle im westlichen Industriegebiet von Schwäbisch Hall zeigte, der Fahrer war jedoch nicht eindeutig zu identifizieren. Das war das Blöde an besonders strengen Wintern, bei denen es schon Anfang Dezember anfing zu schneien und seitdem nicht aufhörte. Denn *jeder* lief bis über beide Ohren vermummt herum, nicht nur Bankräuber. Aber immerhin vermutete man den Autohändler von da an im Großraum Schwäbisch Hall. Tot oder lebendig. Nun ja, in Anbetracht des gefundenen Fußes jetzt wohl doch eher tot.

Und nun standen Kommissar Nägele, zwei seiner Mitarbeiter, zwei Vertreter der Wasserschutzpolizei und die drei Taucher der Technischen Einsatzeinheit, kurz TEE, vor dem Steinbacher See und schauten aufs Eis.

»Scheiße«, maulte einer der Taucher und spuckte aus.

Keiner der Männer war gut drauf. Beim Bereitschaftsdienst am Heiligabend tatsächlich zu einem Einsatz vor Ort gerufen zu werden war zwar theoretisch besser, als in der Dienststelle Däumchen zu drehen und den geschmack-, geruch- und freudlosen Kinderglühwein der Abteilungssekretärin zu trinken, aber bei Minus zwanzig Grad im Freien zu stehen war qualitativ doch eher keine Verbesserung der Lage, höchstens beschäftigungstherapeutischer.

Während sich Kommissar Nägele, seine Mitarbeiter und die Wasserschutzpolizisten sowie Wilfried Teininger, der als ehemaliger Schließer ja quasi dazugehörte und der die anderen konsequent mit »Kollegen« anredete, den Arsch abfroren, zogen sich die Taucher an. Reine Routine. In nur fünfzehn Minuten war ein erfahrener Taucher fertig. Dann konnte er ins Wasser steigen – mit fünfzig Kilo Zusatzlast am Leib: Atemluftflaschen, Maske mit Tauchertelefon, Flossen, Tauchanzug mit Bleigewichten. Taucher stiegen immer zu zweit ab, ein dritter blieb als Signalmann oben. Kommissar Nägele trank seinen dampfenden Kaffee aus einem mitgebrachten Thermosbecher und beobachtete den Signalmann. Als Laie hatte er nur diffuse Vorstellungen vom Grund eines Sees. Dokumentarfilmbilder aus den Öffentlich-Rechtlichen kamen ihm in den Sinn, er sah einen ebenen Boden vor sich, kleine Fische, die ihre possierlichen Spiele im bunten Ozean trieben. Aber der Steinbacher See war kein Ozean. Nicht einmal annähernd.

»Schlick!«, rief der Signalmann in Richtung Ufer. Als ob das den Uferstehern irgendwas sagen würde.

Nur Wilfried Teininger wusste, was gemeint war. Er kannte seinen Steinbacher See. Der Boden war eine dicke Schicht aus ineinandergesogenen, verhakten, vermanschten Naturalien und Zivilisationsmüll. Und zudem war es da unten nachtschwarz. Das einzig Positive war, dass es keine Strömung gab.

Die Polizeitaucher taten, was sie konnten. Nach dem zweiten Tauchgang wollten die Männer schon aufgeben. »Sinnlos«, konstatierte Signalmann Behrends. »Da hilft nur abwarten, bis das Eis weggetaut ist, und dann mit dem Wurfanker im Boot mehrmals quer über den See.«

»Ich glaub ja, der liegt weiter links, Herr Kollege«, warf Wilfried Teininger ein, der immer noch hartnäckig vor Ort Stellung hielt. Schließlich hatte er den Stiefel mit dem Fuß ja auch eingeholt. »Ja«, wiederholte er nickend, »der liegt sicher weiter links.«

»Ohne Strömung? Wie soll das denn gegangen sein?«
»Der See wurde in Teilen abgelassen, als es im November so furchtbar geregnet hat. Und meine erfahrene Anglernase sagt mir, dass der Tote deshalb mehr so links liegen müsste.«
Die Männer schauten auf die Nase von Wilfried Teininger, eine Nase, die viel über den Alkoholkonsum des Anglers in langen, einsamen Winternächten aussagte. Unmissverständlich viel.
»Noch ein Versuch!«, befahl Behrends trotzdem. »Mehr links.« Seine Männer ließen sich durch das Loch im Eis wieder ins Wasser. Es ging auf drei Uhr, bald würde es zappenduster sein, nicht nur unter dem Eis, sondern auch darüber. Wilfried Teininger hätte nicht gedacht, dass es so lange dauern würde, bis die Spezialisten aus Heilbronn und Stuttgart eintrafen, und dass besagte Spezialisten die Restleiche nicht schwuppdiwupp aus dem See hievten. Aber er hatte ja seine heiße Brühe, die er sich diszipliniert einteilte, wie es ein Schiffbrüchiger auf einer einsamen Insel mit spärlichen Lebensmittelvorräten getan hätte. Von fern und nah hörte man Kirchenglocken läuten. Der Moment, in dem aus einem scheinbar ganz gewöhnlichen Werktag ein magischer Feiertag wurde, rückte unaufhaltsam näher. Die aufrechten Bürger machten sich bereit, zu den Weihnachtsgottesdiensten zu pilgern. Andere aßen Plätzchen, tranken Heißgetränke und zappten sich durch das Feiertagsfernsehprogramm. Wieder andere feierten womöglich schon Bescherung. Nur die neun Männer auf und im Steinbacher See trotzten der Eiseskälte an diesem Tag. Selbst Wasserschutzpolizist Osman Yildirim, der Muslim war, wäre jetzt lieber zu Hause bei seiner Familie gewesen, um lecker zu essen und zum gefühlt fünfhundertsten Mal *Ist das Leben nicht schön?* anzuschauen. Und dann, als das Abenddämmergrau schon ansatzweise über ihnen hereinbrach und die Frau eines der wenigen Dauercamper auf dem angrenzenden Campingplatz ihnen einen Teller mit Stollen vorbeigebracht hatte, war ihnen der heilige Emmerich, der Schutzheilige der verlorenen Dinge, hold: Der Signalmann am Eisloch winkte. Zeichen dafür, dass die Taucher unten etwas gefunden hatten. Also, nicht irgendetwas, sondern Leichenteile.
Die Bergung war dann doch noch ein bisschen Quälerei, weil der Autohändler zwar zersägt und in Mülltüten gepackt worden war, aber die Mülltüten aufgeplatzt waren und sich mit Schlamm gefüllt hatten und daher seine Einzelteile immens aufgequollen waren. Deshalb hatte ja auch der Fuß mit dem Stiefel aufgrund der Gärgase Auftrieb erhalten und war an die Wasseroberfläche gestiegen. Bis auf Nägele wurden bei der Aktion alle nass, aber am Ende hievten sie das, was von Rainer Rechberger noch übrig war, aus den Fluten des Sees.

3. Weihnachten, wie es sein soll!

Gieslind und Roderich gingen jeden Abend, den der Herr werden ließ, zusammen spazieren. Also auch an diesem Abend, dem Heiligen. Also was man als Seniorin gemeinhin als Abend bezeichnete. *Kurz vor dem Dunkelwerden* lautete Gieslinds Definition, denn dunkel war gleich Nacht und mithin nicht mehr Abend, und dunkel wurde es Ende Dezember eben um vier. Sie brachte den armen Polizisten,

die an diesem Tag am See nach einem noch ärmeren Ermordeten suchen mussten, noch ihren selbst gemachten Stollen vorbei. »Danke vielmals«, sagte ein sehr wohlerzogener junger Mann, der zwischen Mütze, Schal und buschigen Augenbrauen aussah wie ein islamistischer Terrorist mit olivfarbener Haut, während die anderen Männer den Stollen stumm in sich hineinstopften. Anschließend stapfte sie mit Roderich weiter am See entlang.

Gieslind wollte – und wollte nicht – um 17 Uhr in den Familiengottesdienst, weil sie zwar so gern Kinderstimmen hörte, sie aber dadurch letztendlich immer schrecklich deprimiert wurde. Denn hinterher gingen alle nach Hause zu ihren Familien, nur sie nicht, weil sie keine hatte. Na ja, sie hatte Roderich. Und Karl-Heinz. Aber der eine war eben doch nur ein Hund, und der andere war ihr unleidlicher, ungepflegter, unliebenswerter Ehemann, der ihre gemeinsamen Ersparnisse verzockt hatte, weswegen sie ihr schmuckes Einfamilienhäuschen verkaufen und seitdem in einem Wohnwagen hausen mussten.

Und zur Weihnachtsfeier im Seniorenheim durfte sie Roderich nicht mitnehmen, weil Fräulein Schäpple gegen Hunde allergisch war. Für Gieslind würde es also kein richtiges Weihnachten geben.

Roderich zog an diesem Abend ordentlich an der Leine. Roderich ist schon ein komischer Name. Aber Gieslind hatte gefunden, wenn ihre Eltern *ihr* schon so einen altmodischen Namen geben mussten, dann konnte sie ihrem Dackel auch einen verpassen. Dackelrüde Roderich war das Licht ihres Lebens. Er würde nachher zur Bescherung ein Saitenwürstle bekommen. Und ein neues Gummihuhn, das quiekte, wenn man darauf kaute. Das hatte den zusätzlichen Mehrwert, dass es Karl-Heinz in den Wahnsinn treiben würde. Als ob Roderich sein Glück ahnte, zog er entlang des Steinbacher Sees ungewöhnlich heftig an seiner Leine. Roderich zog eigentlich immer, schließlich war er der Rüde in ihrem Zweierrudel. Und eine Hundeschule hatte sich Gieslind seinerzeit nicht leisten können.

Es war arg kalt, fand Gieslind. Spontan entschied sie sich deshalb, nach links abzubiegen, weg vom See, und quer über die tiefverschneite Wiese zu gehen. Eine Abkürzung, die sie im Sommer oft einschlug, im Winter nie. Roderich nahm sie dabei natürlich auf den Arm. Der hätte sich ansonsten wie ein U-Boot durch den kniehohen Schnee kämpfen müssen und wäre wahrscheinlich erstickt. Am Waldrand blieb Gieslind stehen und schnappte nach Luft. Es war verdammt anstrengend, ohne Schneeschuhe über eine eingeschneite Wiese zu gehen, mit einem – zugegeben – völlig überfetteten Dackel im Arm.

Hm. Seit wann gab es denn da drüben am Birkenhain ein Hügelgrab? Sie ging näher. Neugier, dein Name ist Weib. Nein, das war kein Grab, stellte Gieslind fest, als sie – Roderich noch immer mit der Rechten haltend – mit der linken Fäustlingshand etwas Schnee weggefegt hatte. Das war ein Auto, an dem Roderich eifrig schnüffelte.

Wer hatte denn bitte schön sein Auto hier abgestellt? Mitten in der Pampa? Und offenbar schon seit längerer Zeit, denn es war tief eingeschneit und eigentlich nur als Auto auszumachen, wenn man, so wie sie, direkt danebenstand und den Schnee entfernt hatte.

Roderich fing an zu fiepen, dann zu zappeln und schließlich zu bellen. Sie konnte ihn nicht mehr halten. »Roderich, Schatz, es wird doch gleich dunkel. Wir müssen nach Hause«, rief Gieslind, aber das prallte an den Dackelrüdenohren ungehört ab. Wie ein Frosch hüpfend und dabei immer wieder im Schnee versinkend, bewegte er sich auf den Wagen zu und presste dann schwanzwedelnd seine Schnauze an die Beifahrertür. Gieslind trat zögernd näher. Der Innenraum war leer, aber fleckig. War das …?

Blut!

Ihr war jetzt mehr als unbehaglich zumute. »Komm, Schatz, Mami will nach Hause«, sagte sie zu ihrem Hund und wollte ihn greifen, aber er war wie im Rausch, bellte, hechelte und zog so heftig an seiner Leine, dass Gieslind stolperte und sich schwer am Wagen abstützen musste, und da hörte sie ein *Plopp*, und der Kofferraum ging auf. Gieslind schaute hinein und entdeckte eine Reisetasche, in der viel Geld lag. Viel Geld. Irrsinnig ungeheuerlich viel Geld.

»Psst, Roderich!«, befahl sie und traf damit zum ersten Mal in ihrem gemeinsamen Leben einen Tonfall, der Roderich tatsächlich zum Verstummen brachte.

»Alles in Ordnung?«, hörte sie da eine besorgte Männerstimme aus Richtung See rufen. »Der Hund hat angeschlagen, wir haben uns Sorgen um Sie gemacht.«

Es war der gut erzogene Islamist von eben. Gieslind schluckte. Ihre Gedanken rasten. »Hier steht ein Auto!«, rief sie zurück.

Der Mann kam näher. Gieslind schulterte die Tasche. Und nahm Roderich wieder auf den Arm, der es mit sich geschehen ließ. Tiere waren eben sensibel und spürten, wenn etwas in der Luft lag. Etwas Großes.

»Da sind merkwürdige Flecken auf dem Sitz«, sagte Gieslind, als der Mann fast schon am Auto war, und zeigte mit dem Kopf. »Da schauen Sie.«

»Mein Gott, ein Golf!«, rief er. »Das Tatfahrzeug. Und die Tatwaffe«, ergänzte er, als er mit einer Taschenlampe hineinleuchtete und ein Hackebeil im Fußraum sichtbar wurde. »Sie haben uns sehr geholfen, Frau …«

»Höpf«, sagte Gieslind.

»Frau Höpf. Dank Ihrer Hilfe können wir hoffentlich einen Mörder seiner gerechten Strafe zuführen«, erklärte Yildirim und wollte ihr die Hand schütteln, aber Roderich schnappte nach ihm, und so ließ er es bleiben.

»Immer gern. Ich … äh … würde dann nach Hause gehen, es ist zu kalt für den Hund. Wenn Sie noch Fragen haben, ich wohne auf dem Campingplatz.«

Gieslind nickte Yildirim zu, der sprach aber schon in sein Handy und achtete gar nicht mehr auf sie. »Geiler Fund«, hörte sie ihn sagen und »hab *ich* entdeckt!«.

Gieslind marschierte mit Hund und Tasche in Richtung des Wohnwagens. Sie würde packen, ihren Mann verlassen und mit Roderich völlig neu anfangen. An irgendeinem exotischen Ort. Mittenwald. Westerwald. Irgendwas mit viel Bäumen, damit Roderich seine kleinen, fetten Beinchen überall heben konnte.

Gieslind lächelte fein.

Ein Weihnachtswunder!

Ende

Hier aufschlitzen

13. Dezember

SANDRA LÜPKES

Und wenn das fünfte Lichtlein brennt

Schon toll. Wie aus Klitzekleinem so was dermaßen Ausuferndes werden kann. Ich meine, ein Funke, wie groß ist der? Jetzt kein besonderer Funke, sondern ein stinknormaler Funke, der eben ein Feuerzeug zum Brennen bringt. Einen Zentimeter lang? Höchstens.

Der springt auf den Kerzendocht, bringt das Wachs zum Schmelzen, klettert rüber zur Papierschnecke, die sich üppig neben dem Adventskranz rollt, weil keiner seinen Kassenbon mitnimmt. Der ist aus so einem Spezialpapier, schwer entflammbar, und wenn das brennt, dann komisch blau und grün und stinkend. Glimmende Aschepartikel fliegen rüber zum Zeitungsstapel, der Neuigkeiten von Michael Schumacher und vegane Festtagsrezepte verspricht. Glut frisst sich in die Titelseiten, die brennen ganz normal in Orange und Gelb mit dunklem Rauch. Langsam wird es richtig heiß hier drinnen. Das Plastik von den Feuerzeugen auf dem Verkaufstresen schmilzt. Als deren Gase in einer großen, hellen Wolke verpuffen, ist es zu spät. Alles brennt. Der Fotokopierer in der Ecke wirft schwarze Blasen. Genau wie das Zellophan rund um die Zigarettenschachteln mit den Warnhinweisen, wie ungesund Nikotin ist. Die Lottoscheine und Rubbellose werden niemanden mehr zum Millionär machen. Und irgendwann fängt auch die Jeans Feuer, die Hosenbeine von dem Mann, der am Boden liegt und sowieso tot ist. Sonst hätte er was unternommen. Den Feuerlöscher von der Wand gerissen, um das Schlimmste zu verhindern. Kann er längst nicht mehr. Als die Feuerwehr eintrifft, quittieren die LEDS über der Eingangstür gerade ihren Dienst. Tapfer haben sie gegen das Brutzeln und Qualmen und Knistern angeblinkt, fast bis zum Schluss: YUSSUFS SPAETI ... MERRY X-MAS ... YUSSUFS SPAETI ... MERRY X-MAS ... YUS ...

★★★

1. Advent

»Richtig schön, Yussuf. Aber da fehlt ein Apostroph!« Chrissy streckt ihren künstlichen Fingernagel Richtung Eingangstür, die kleine Leila huckepack. Die ist schwer geworden. Vier Jahre alt, nicht gerade riesig groß, aber wiegt fast zwanzig Kilo. Sie nuckelt am Lolli, den Oma Schnute ihr geschenkt hat. Der ist genau so pink wie die Fingernägel ihrer Mutter und kostet fuffzig Cent, aber für Oma Schnute nur dreißig, die hat 'ne schmale Rente.

Yussuf kommt hinterm Tresen hervor. »Apostroph?«

»Ja, der kleine Strich. Nach Yussuf. Vorm S.«

»Bist du dir sicher? In der Schule haben wir das anders gelernt.«

»Hundertpro. Guck, gegenüber: Melli's Lieb-Haar-Bär. Und an der Ecke Kalli's Handyklinik.«

Yussuf zuckt mit den Schultern. So ein Apostroph ist schnell programmiert, da muss er das Schild nicht extra abbauen. Geht vom Smartphone aus, voll praktisch. »Aber sonst findstes gut?«

»Ich liebe Weihnachtsdeko!« Endlich tritt Chrissy richtig ein und steht nicht länger mit einem Pantoffel auf dem Bürgersteig, wo's jeder sehen kann.

Eigentlich ist nämlich zu. Seit ein paar Monaten dürfen Spätis am Sonntag nicht mehr aufmachen, es sei denn, sie stehen am Mauerpark oder an der East Side Gallery oder – keine Ahnung – am Alex. Dann sind sie Berliner Kultur und sieben Tage die Woche wichtig für die Touris. Yussufs Späti ist in Lichtenberg und leider ein paar Ecken zu weit weg vom Stasi-Museum, sonst wäre er vielleicht auch Kultur. Deswegen macht Yussuf gleich hinter Chrissy zu. Erst das Gitter, dann die Tür. Muss ja nicht jeder mitkriegen, das mit dem heimlichen Sonntagsverkauf. Die Rollladen an den Fenstern sind heruntergelassen. Nur das Licht hinterm Tresen brennt, weil man die Stelle von der Straße aus nicht einsehen kann. Ach ja, und die erste Kerze am Adventskranz. »Was brauchst du?«

»Eier.«

»Hab ich.«

»Mehl. Margarine. Milch.«

»Auch.«

»Backpulver?«

»Wir wollen nämlich Plätzchen backen«, verrät die kleine Leila. »Das allererste Mal!«

»Ausstecher?«

Backpulver ist da. Noch nicht abgelaufen. Aber Ausstecher? Yussuf schaut sich um. Entdeckt die stahlverzinkten Schlauchschellen im Regal, in dem auch das Fahrradflickzeug, die Duftbäume und das Caramba-Spray stehen. »Einen Stern?«, fragt er. Chrissy nickt. »Kriegen wir hin!« Yussuf holt einen Schraubenzieher raus, setzt ihn an die Metallöse, macht hier einen Knick rein und da einen Bogen, bis ein 1-a-Stern draus geworden ist, den er Leila in die klebrige Hand drückt. »Damit geht's.«

Chrissy strahlt. Seit Leilas Vater ausgezogen ist, sieht sie wieder glücklich aus. Sie hat keine Ahnung, dass es Yussuf gewesen ist, der den Notruf gewählt hat, als die Schreie aus der Wohnung über dem Späti noch extremer geworden sind als sonst. Und der – wie nennt man das noch mal? – beharrlich geblieben ist, damit die Bullen auch wirklich kommen und nachschauen. Weil in Berlin haben sie Dutzend solcher Anrufe pro Nacht. Und meistens ist es halb so schlimm. Bei Chrissy war es voll schlimm. Festgenommen haben sie den Arsch. Der darf sich ihr nur noch auf hundert Meter nähern. Bislang hält er sich dran.

»Und Zucker?«, fragt Yussuf.

»Haben wir im Schrank!«, sagt Chrissy und geht. »Schönen ersten Advent noch.«

2. Advent

»Is det nich Energieverschwendung?«, fragt Oma Schnute, die nebenan im Erdgeschoss wohnt und gerade sonntags immer gern auf ein bisschen Palaver vorbeikommt. Dann steckt sie ihre altersfleckige Hand durchs Gitter und klopft dreimal gegen die Scheibe in einem Kommando-Takt, den nur Oma Schnute klopfen kann. Yussuf beeilt sich mit dem Aufschließen, und Oma Schnute wackelt herein. »Ik find's ja schön mit die blinkende Farben, Berlin is grau jenuch. Aber kostet det nich viel Geld, so 'ne Festbeleuchtung?«

»Ist LED«, sagt Yussuf. »Energieeffizienz A Plus.«

Oma Schnute nickt. Sie hat nicht viel Ahnung von Technik, aber das, was Yussuf sagt, klingt irgendwie vernünftig.

Yussuf legt ein Kissen auf die gestapelten Bierkästen, damit sie's bequem hat. Offiziell darf man hier nur stehen. Sonst müsste er ein Kundenklo anbieten. Und das geht nicht, denn das Klo nutzt er selbst, da steht seine Zahnbürste drin und sein Rasierwasser. Weil er hier schläft. Im Hinterzimmer. Warum eine extra Wohnung mieten, wenn er doch sowieso von sechs Uhr morgens bis Mitternacht im Laden steht.

Oma Schnute setzt sich und greift in die Schale mit den Sternenplätzchen, die Chrissy am Montag als Dankeschön vorbeigebracht hat. Sind etwas dunkel geworden, aber Oma Schnute schmecken sie. »Ein Adventskranz haste!«, stellt sie fest.

»Schön, oder?« Er spendiert ihr eine Zigarette, gibt Feuer, stellt den Aschenbecher hin.

Oma Schnute pafft. »Aber Advent, det is doch eigentlich eher Jesus und so. Nicht dein Mohammed.«

Yussuf sieht das nicht so eng. »Jeden Sonntag eine Kerze mehr. Ist gemütlich!«

»Da haste recht!«, sagt Oma Schnute. »Gibt's zu wenig. So Gemütlichkeit. Im Gegensatz zu früher.«
Und dann legt sie wieder die alte Platte auf von wegen: Vor der Wende war es nicht so hektisch, die Menschen waren netter, die Mieten bezahlbar. Yussuf hört zu, obwohl er das auswendig kennt. Denn wer weiß, wie oft Oma Schnute ihm das wohl noch verklickern kann. Angeblich steht die Räumungsklage ins Haus. Bei Oma Schnute, bei Chrissy und Leila und bei ihm. Weil Lichtenberg schöner werden soll, moderner und energieeffizienter. Aber eben nicht unbedingt gemütlicher. Er wird nicht ausziehen, hat er lauthals protestiert, genau wie Oma Schnute und Chrissy und Leila. Sie halten die Stellung. Haben sie dem Eigentümer schriftlich mitgeteilt. Der war vielleicht sauer.
Irgendwann fängt Oma Schnute an zu singen. Obwohl Atheistin, singt sie von der Jungfrau Maria, die ein Kind unter dem Herzen trägt, und ein paar Tränen rollen ihr über die Wangen. Yussuf singt nicht mit. Er hat das Lied noch nie gehört. Irgendwann ist es zu Ende und die Zigarette auch. Oma Schnute drückt die Kippe in den Ascher und steht auf. »Denn will ik mal«, sagt sie, und: »Schönen zweten Advent noch.«

3. Advent

»Kannst du mir auch so ein Teil besorgen?«, fragt Selami, als er zur Tür hereinkommt. Gerade läuft der violette Schriftzug durch. YUSSUFS SPAETI ... MERRY X-MAS ... blink blink. Widergespiegelt von Selamis Halbglatze, die macht jeder Discokugel Konkurrenz. »Für meinen Laden? Und programmieren?«

Morgen geht es weiter

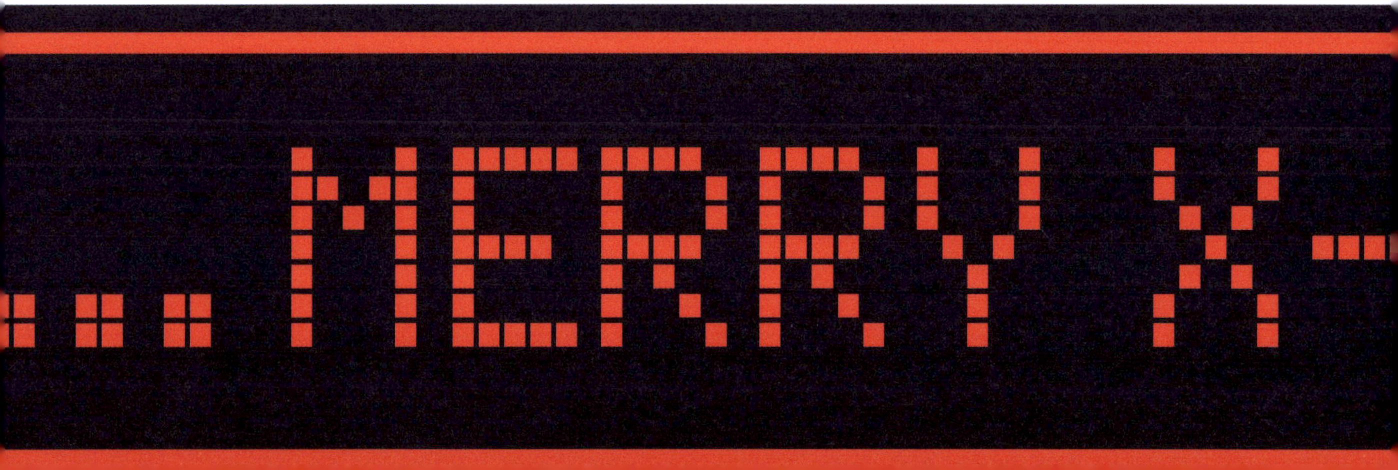

Hier aufschlitzen

14. Dezember

»Kannste selber. Geht ganz einfach übers Smartphone.«
»Und aufhängen?«
»Mach ich. Heut Abend?« Yussuf schenkt seinem Cousin Çay ein. Gehört sich so in der Familie, leider, weil Selami eigentlich ein elender Schnorrer ist und nervt.
»Bloß nicht am Sonntag! Gibt Ärger!«, sagt der.
»Muss man nicht bohren oder so«, beruhigt Yussuf. »Kannst du Kabelbänder nehmen.«
»Scheiße, wenn ich am Sonntag mit einer Leiter vor meiner Tür stehe, machen die Fotos, und am Montag steht einer vom Ordnungsamt im Laden, und es wird teuer.«
»Wen meinste mit die? Bousaid?«, fragt Yussuf. Selami nippt am Teeglas. Ist noch ein bisschen heiß. Selami pustet.
Plötzlich ein Geräusch.
Ein dumpfer Knall gegen die Tür, etwas Schleimiges klebt halb auf der Scheibe, halb im Gitter.
Ein Ei.
Gleichzeitig fährt ein Sportwagen los. Der riesige Auspuff eher nicht vom Werk so eingebaut. Das Röhren weckt den ganzen Kiez. Oma Schnute hält um diese Zeit ihren Sonntagsmittagsschlaf. Und Chrissy pennt ihren Rausch aus, war erst um sechs Uhr morgens zu Hause und nicht alleine. Die kleine Leila hat bei Yussuf geschlafen, im Hinterzimmer, da gibt's 'ne Gästematratze. Durfte heute Morgen die dritte Kerze anmachen. »Weißt du, Yussuf, was sie in der Kita sagen?«
»Nee. Als ich klein war, gab's noch keine Kita.«
»Und wenn das fünfte Lichtlein brennt, dann ...«
»Was, dann?«, hat Yussuf nachgefragt, aber Leila hat's vergessen. Bisschen schusselig, die Kleine. Vorhin um zwölf Uhr Mittag ist sie dann hoch zu ihrer Mami. Mit frischen Schrippen. Die backt Yussuf für die Eingeweihten, die wissen, dass man sonntags bei ihm klopfen kann.
Der Sportwagen wendet, heizt noch mal bei ihnen vorbei, diesmal volles Reifenquietschen.
»Klar, Bousaid!«, sagt Selami. »Die machen Stunk, bis ihnen in Berlin jeder Laden gehört.« Selami hat Gras dabei. Zündet sich die Tüte am Adventskranz an. »Krass kitschig«, findet er den. »Aber die Schrift an der Tür: Hammer, Yussuf! Machste mir auch dran, oder? Nur nicht heute. Wegen Sonntag.«
Dann trinken sie Çay. Schweigen. Sie sind eine Familie, haben denselben Großvater – Murad –, der damals einen Laden in Kreuzberg hatte. Neben dem alten Bousaid. Die konnten sich noch nie besonders gut riechen.
Zu sagen haben sie sich trotzdem nicht so viel, also, Selami und Yussuf jetzt, obwohl Cousins, sind sie grundverschieden. Der Tee ist noch immer zu heiß.
»Ich glaub, du gehst jetzt mal nach Hause«, sagt Yussuf schließlich. »Schönen dritten Advent noch.«

4. Advent

Vier Kerzen. Vier Gäste. Chrissy und Leila und Oma Schnute und der Schnorrer Selami.
Verdammt harte Woche liegt hinter jedem von ihnen. Erst ein tobender Exfreund, der hundert Meter Abstand nicht von hundert Millimeter Abstand unterscheiden kann und den's nicht juckt, wenn Frau und Tochter heulen vor Angst. Danach ein tobender Eigentümer, der das Schreiben vom Bauamt von wegen Bestandsschutz gekriegt hat und jetzt

droht, Wege und Mittel zu finden, um das Gesocks trotzdem rauszukriegen.
Zu guter Letzt ein tobender Bousaid, dem am frühen Morgen drei Eier von der Eingangstür tropften, weil Rache muss schließlich sein, das Zeug ist verdammt schlecht wegzuputzen. Dann war Bousaid an der Reihe, dieses Mal verteidigten Tomaten die Ehre seines Großvaters.
Weihnachten ist nicht Yussufs Fest, kulturell jetzt, aber er mag das Friedliche, das diesen Tagen im Dezember angedichtet wird. Also hat er alle eingeladen nach der beschissenen Woche. Ist doch schön. So zusammen. Sie lachen, weil der kleinen Leila wieder eingefallen ist, was sie in der Kita sagen. Was passiert, wenn das fünfte Lichtlein brennt.

★★★

Schlieren von kaltem Qualm dringen aus den Ritzen. Das Schild mit der kaputten Leuchtschrift knallt vom Türsturz. War bloß mit Kabelbändern angebracht. Hat zum Glück keiner auf den Kopf gekriegt. Der Brandermittler steigt drüber weg.
Das Feuer wurde absichtlich gelegt, da sind sich alle einig. Um den Totschlag am Inhaber zu vertuschen. Ein gewisser Yussuf R., 35 Jahre alt, Deutschtürke. Soll man eigentlich nicht mehr sagen, ist politisch nicht korrekt. Im Polizeibericht steht auch nur deutsch. So wie in Yussufs Pass.
Dahinten steht die junge Mutter, deren Wohnung über dem ausgebrannten Laden nun ebenfalls unbewohnbar ist. Hat ein dickes Mädchen auf dem Arm. »Das war mein Ex«, heult sie. »Weil ich glaub, der Yussuf hat ja damals die Bullen gerufen. Um mich zu retten.« Der Brandermittler holt seinen Block raus und macht Notizen.
Die alte Dame drüben auf der Pritsche muss mit einer leichten Rauchvergiftung zur Überwachung in die Klinik. »Jetzt hat er, was er will«, schimpft sie, und auf Nachfrage: »Na, der Wessi. Warmer Abriss sozusagen.« Und sie schimpft und schimpft, bis der Sanitäter endlich die Tür vom Transporter zuknallt.
Aber wahrscheinlich stecken sowieso wieder Revierkämpfe dahinter, glaubt der Brandermittler. Der Cousin vom Toten schleicht verschlagen durch die rußschwarze Ruine. Hat man doch schon tausendmal gelesen und gehört. Dass die mit dem Bousaid-Clan über Kreuz sind. Brutale Bande. Alle beide.
Beziehungsdrama. Mieterstreit. Oder organisiertes Verbrechen. So steht's auf dem Notizblock, den der Brandermittler wieder einsteckt, weil gleich Feierabend ist, und zu Hause gibt's, was es immer Heiligabend gibt: Kartoffelsalat und Würstchen. So viele Spuren, wird schon eine die richtige sein.

Einen bemerkt keiner. Er steckt das Feuerzeug ein. In die Tasche seiner Kapuzenjacke. Läuft rüber zum Wohnmobil. Obwohl Dezember, ist ihm angenehm warm. Er fährt los. Zufrieden.
Ein Fremder weniger im Kiez.

Ende

Hier aufschlitzen

15. Dezember

CARLA EISFELDT

Stille Nacht

Ernst mochte keine Kartoffelklöße. Gans mochte er gerne, aber bitte nur mit Salzkartoffeln. Schon Ernsts Mutter hatte so die Weihnachtsgans serviert und exakt auf diese Weise erwartete Ernst das auch von seiner Ehefrau. Vor sich ein Blatt Zeitungspapier ausgebreitet, saß Inge daher auch dieses Jahr wieder an Heiligabend am Küchentisch und schälte Kartoffeln. Das mit dem Zeitungspapier war eine weitere Tradition, die sie von ihrer Schwiegermutter mit in die Ehe bekommen hatte. Der Tisch blieb dabei sauber und die zusammengerollte Zeitung mit den Kartoffelschalen ließ sich anschließend in den Bio-Eimer stecken. Das Geld für Müllbeutel wurde gespart, denn so ein Eimer ist ja schließlich schnell ausgewaschen.

Inge schälte schnell und gründlich. Zwischendurch horchte sie, aber nein, alles blieb ruhig. Kein Laut war aus Ernsts Zimmer zu hören. Auch als Vorruheständler hatte ihr Mann viel um die Ohren, da brauchte er absolute Ruhe, um abzuschalten. Immerhin war er derjenige, der hier alles finanzierte. Daher lag es doch auf der Hand, dass das Kinderzimmer nach Thomas' Auszug zum Studium zu Ernsts Refugium geworden war. Sein Arbeitszimmer, wie er es nannte, in dem er aber auch gerne seine Fußballspiele schaute. Dass der Fernseher in Ernsts Zimmer umgezogen war, hatte allein praktische Gründe: Die Geräusche, die Inge bei der Hausarbeit verursachte, störten so Ernst nicht bei der Fußballübertragung.

An diesem Nachmittag war allerdings kein Fernsehgemurmel zu hören. Wie jeden Tag hatte Ernst sich direkt nach dem Essen zum Mittagsschlaf in sein Zimmer zurückgezogen. »Beim Spülen, da stehen wir Männer nur im Weg«, pflegte er zu sagen, bevor er die Tür hinter sich zuzog. Inge wusste, dass sie in dieser Zeit besonders leise zu sein hatte, denn Ernst reagierte empfindlich auf Lärm, insbesondere auf das Klappern von Tellern.

Sie begann, die Kartoffeln in Viertel zu schneiden. Längsgeviertelt, da legte ihr Ernst Wert darauf. Längsgeviertelte Kartoffeln blieben besser auf dem Teller liegen und rutschten nicht, wenn man sie mit der Gabel kleindrückte. Prüfend betrachtete sie die Kartoffelschalen auf dem Zeitungspapier. Schön dünn mussten sie sein, damit von der Kartoffel möglichst viel übrig blieb. Zu Beginn ihrer Ehe hatte sie die Kartoffeln noch mit einem Messer geschält, aber nachdem Ernst einmal den Schalenhaufen gewogen hatte, hatte er nur den Kopf geschüttelt und, wie er es ausdrückte, »in einen Sparschäler investiert«.

Ernst investierte gerne in Dinge, die sparsam und praktisch waren. Unnütze Ausgaben duldete er nicht in seinem Haushalt, dafür hatte er als Sachbearbeiter einer Versicherung ein Leben lang hart arbeiten müssen. Ernst war der Alleinverdiener – seine Frau, die musste nicht arbeiten gehen, wie er gerne betonte. Das bedeutete aber nicht, dass Inge das Geld zum Fenster hinauswerfen konnte, oh nein! Und um Inge hier Anleitung und Stütze zu geben, ließ er sich daher samstags das Haushaltsbuch vorlegen. Tatsächlich fand sich dabei immer wieder die eine oder andere Ausgabe, die Inge hätte sparen können. Sorgfältig glich Ernst Inges Einträge mit den Einkaufsbeilagen aus der Wochenzeitschrift ab und wies beispielsweise darauf hin, dass die Milch bei einem anderen Anbieter tatsächlich ganze vier Cent günstiger gewesen wäre. Der lag zwar etwas weiter weg, war aber doch mit dem Fahrrad gut zu erreichen. Und wer viel Fahrrad fährt, tut gleichzeitig auch etwas für die Figur – daher brauchte Inge auch kein Fitnessstudio.

Ernst brauchte ebenfalls kein Fitnessstudio, schließlich war er Kassenwart im Sportverein. Besonders sportlich sah er allerdings nicht aus. Dabei hätte er die vielen Angebote seines Vereins genutzt, aber sein Ehrenamt nahm einfach zu viel Zeit in Anspruch. Wenn Inge darüber nachdachte, hatte Ernst sogar einen ordentlichen Bauchansatz. Sie würde sich allerdings hüten, ihn darauf anzusprechen. Ernst war der Meinung, Äußerlichkeiten seien nicht so wichtig, zumindest bei Männern nicht, denn da zählten die inneren Werte. In diesem Zusammenhang hatte er sich in letzter Zeit öfter erkundigt, ob Inges Friseurbesuche denn wirklich notwendig seien. Für Haarfarbe zum Selberfärben aus dem Discounter würde er sich durchaus großzügig zeigen, hatte er betont.

Ach ja, ihr Ernst! Er meinte es ganz gewiss gut ... Inge seufzte und ließ Wasser ein, um die Kartoffeln zu waschen. Ein kurzer Blick auf die Uhr – ja, es war noch genügend Zeit. Ob sie schon mit dem Tischdecken beginnen sollte? In der Küche oder im Wohnzimmer? Seit die Kinder aus dem Haus waren, nutzten sie den großen Esstisch nur noch selten. Aber dass man es sich auch zu zweit an Weihnachten schön macht, darauf legte Ernst großen Wert. Und da gehörten auch gebügelte Stoffservietten dazu, nicht wahr? Das war zwar nicht praktisch, aber trotzdem sparsam, denn die konnte man hinterher ja waschen.

So leise wie möglich nahm Inge aus dem Esszimmerschrank das »gute« Service. Das hatten sie von Ernsts Mutter geerbt. Es hatte einen Goldrand, weshalb Inge es von Hand abwaschen sollte. Was eigentlich keinen Unterschied machte, da die Spülmaschine bereits vor drei Jahren ihren Dienst aufgegeben hatte und Inge seither eh alles von Hand spülte. Der hohe Strom- und Wasserverbrauch des Geräts war Ernst schon länger ein Dorn im Auge gewesen. Akribisch hatte er alle anfallenden Kosten rund um die Anschaffung einer neuen Maschine in einer Tabelle notiert und dabei auch nicht die Pauschalen für Entsorgung, Lieferung und Montage vergessen.

»Inge, man muss mit der Zeit gehen«, lautete sein Fazit, nachdem er die Zahlen verglichen hatte. Nur für zwei Personen, da lohne sich eine Spülmaschine nicht wirklich, selbst wenn die neuen Modelle deutlich sparsamer im Verbrauch seien. Viel sinnvoller sei es doch stattdessen, einen Computer anzuschaffen. Den könne man dank Ernsts ehrenamtlicher Tätigkeit sogar steuerlich absetzen.

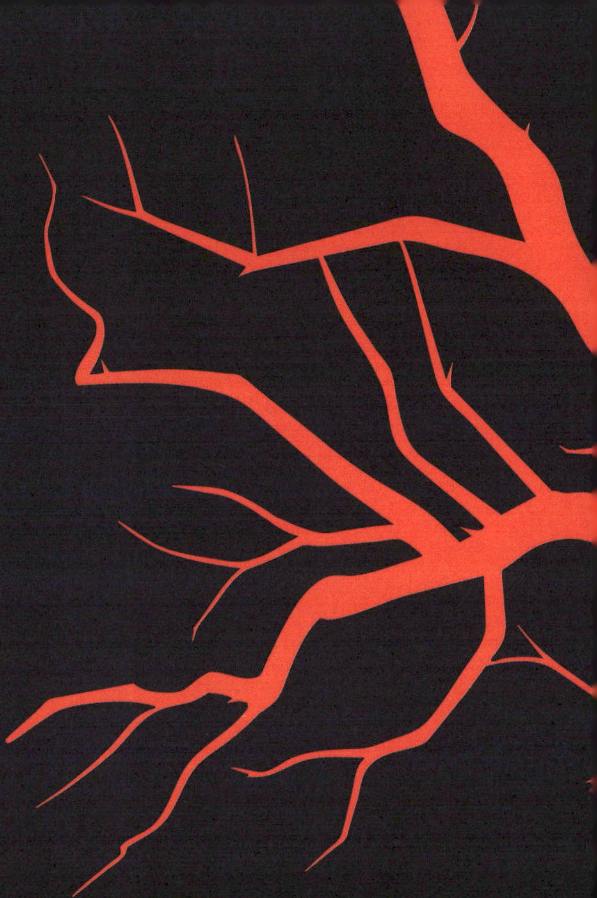

Inge dachte an die Gänsekeule im Kühlschrank. Als die Kinder an Weihnachten noch zu Hause waren, hatte sie immer eine komplette Gans zubereitet. Für zwei Personen war hingegen eine Gänsekeule völlig ausreichend. Das hatte sich schon letztes Jahr bewährt, denn die konnte man gut teilen. »Du isst ja eh nicht so viel«, hatte Ernst festgestellt und sich den fleischigen oberen Teil des Schlegels auf den Teller gelegt.

Inzwischen war es kurz vor vier. Inge hob den Römertopf aus dem Schrank. Wenn sie jetzt die Kartoffeln anschaltete, wären die auf alle Fälle fertig, bis es Zeit war, zum Weihnachtsgottesdienst aufzubrechen. In einer feuerfesten Form wären die Kartoffeln im Ofen ruckzuck wieder aufgewärmt, wenn sie vom Kirchgang nach Hause kämen. Inge zog die Küchenuhr auf und überlegte, ob sie kurz bei Erika vorbeigehen und fragen sollte, ob sie und Rudi zum Weihnachtsgottesdienst mitkommen würden. Bis vor Kurzem hätte Inge einfach zum Hörer gegriffen und angerufen, nun allerdings hätte sie dafür in den zweiten Stock laufen müssen.

Seit nämlich Ernst im Frühjahr ein sensationelles Angebot erhalten hatte, hatte er das Festnetztelefon abgemeldet. Stattdessen besaß Ernst nun ein Smartphone. Der Handyvertrag sei deutlich günstiger als die Grundgebühr des alten Telefons, hatte er ausgerechnet. Außerdem konnte man die Kosten komplett steuerlich absetzen, da der Vertrag allein auf Ernst ausgestellt war. Und da Inge ja nicht berufstätig war, wurde ein weiteres Telefon nicht benötigt.

Inge überlegte. Vielleicht war es doch keine gute Idee, jetzt bei Erika zu klingeln. Ernst sah es nicht gerne, wenn sie ohne ihn wegging. »Ich will nicht, dass meine Frau so aufdringlich ist«, regte er sich dann auf. »Was sollen denn die Leute da von uns denken?«

Ein Poltern riss sie aus ihren Gedanken. Irgendetwas Schweres krachte zu Boden, es schepperte vernehmlich. Der Lärm kam aus Ernsts Zimmer.

»Ernst?« Keine Antwort.

Inge huschte zur Zimmertür. »Liebling, ist was passiert?« Noch einmal horchte sie, aber es blieb weiterhin still. Inge biss sich auf die Lippen. Sollte sie nachschauen? Ernst konnte recht grantig reagieren, wenn sie ihn in seinem Zimmer störte. Andererseits hatten sich die Geräusche beunruhigend angehört. Vielleicht war etwas passiert? Wäre es da nicht besser, nach dem Rechten zu sehen? Nur ganz kurz, zur Sicherheit? Zögernd klopfte sie an der Tür. Nichts. Auch nicht, nachdem sie langsam bis zwanzig gezählt hatte. Vorsichtig drückte sie die Türklinke und schob die Tür einen Spalt auf.

»Ernst?«, flüsterte sie in den Türspalt. Immer noch keine Antwort. »Ist alles in Ordnung?«, versuchte sie es etwas lauter. Wieder nichts. Inge schob die Tür ganz auf und schlich auf Zehenspitzen weiter. Auf den ersten Blick sah alles ganz normal aus... bis auf einen Fuß, der hinter dem Schreibtisch hervorlugte. Inge stürzte auf den Fuß zu und da – in einer seltsam verdrehten Haltung lag ihr Mann auf dem Teppich. Die Augen geschlossen, eine Hand krampfartig an die Brust gefasst.

»Ernst!«

Inge kniete neben ihm. Vorsichtig berührte sie seine Schulter. Atmete er noch oder sollte sie ihn beatmen? Der letzte

Erste-Hilfe-Kurs lag Jahre zurück. Was machte man bloß in solchen Situationen?
»Ernst?«, rief sie laut und schüttelte ihn fester. Er schlug so plötzlich die Augen auf, dass Inge mit einem Schrei zurückfuhr.
»Aaahts«, schnaufte er.
»Liebling?«
Ernst murmelte etwas Unverständliches und streckte die Hand aus. Zeigte er auf etwas? Inges Blick folgte der ausgestreckten Hand. Tatsächlich, knapp außerhalb seiner Reichweite lag das Handy auf dem Teppich. Bei seinem Sturz war es ihm wohl aus der Hand gerutscht. Inge bückte sich, um es aufzuheben.
»Aaahts«, keuchte Ernst und starrte sie an.
Inge zögerte. War es Erleichterung oder Zorn in seinen Augen? Das Handy war allein sein Eigentum, da legte Ernst großen Wert darauf. Noch nie hatte sie es anfassen, geschweige gar damit telefonieren dürfen.
»Nooh-aaaatss!«, krächzte Ernst und zeigte erneut auf das Handy.
»Liebling, soll ich dir das Handy geben?«, fragte Inge vorsichtig.
»NOOH-AAAATST!«
Sein Gesicht war inzwischen dunkelrot angelaufen, über irgendetwas schien er sich aufzuregen. So sah er eigentlich nur aus, wenn er sich über sie ärgerte. Also hatte sie etwas falsch gemacht, wieder einmal. War es ihr unaufgefordertes Eindringen in sein Refugium oder dachte er, sie wolle sich seines Handys bemächtigen? Inge betrachtete ihren am Boden liegenden Ehemann, der sie wütend anfunkelte. Wenn sie in dreiunddreißig Ehejahren eines gelernt hatte, dann, dass es besser war, ihm aus dem Weg zu gehen, wenn er einen so anschaute.
In der Küche klingelte die Küchenuhr. Zeit, die Kartoffeln vom Herd zu nehmen. Seltsam, was einem in solchen Momenten für Gedanken durch den Kopf gingen ... Inge dachte an die langen Feiertage, die vor ihnen lagen. Mit einem eingeschnappten Ehemann waren das keine schönen Aussichten, denn Ernst konnte ausgesprochen nachtragend sein. In solchen Situationen hatte es sich bewährt, ihn fürs Erste in Ruhe zu lassen. Nach ein, zwei Tagen hatte er sich in der Regel so weit beruhigt, dass er zumindest bereit war, Inge ihre Fehler zu erklären. Weihnachten hin oder her, vielleicht war das auch jetzt keine schlechte Idee?
Sie bückte sich, hob das Handy auf und legte es behutsam auf den Schreibtisch. Für seinen Zustand war es bestimmt nicht förderlich, jetzt mit einem Handy zu hantieren. Besser, sie würde ihm Gelegenheit geben, sich zu schonen.
»Entschuldige, Liebling«, sagte sie leise, als sie das Zimmer verließ und die Tür fest hinter sich zuzog.
Die Küchenuhr zeigte 16:21 Uhr, als Inge die Kartoffeln abgoss und zum Abkühlen auf den Balkon stellte. Nach der Kirche würde sie sie stampfen und zusammen mit geriebenen rohen Kartoffeln zu Klößen formen. Denn dieses Weihnachten, so hatte Inge gerade beschlossen, würde sie zu ihrer Gänsekeule Kartoffelklöße essen.

Ende

Hier aufschlitzen

16. Dezember

JEAN BAGNOL

Rent a Weihnachtsmann

»Das kannst du mir nicht antun, Markus.«
Marlies presste den Telefonhörer ans Ohr, als könnte sie damit ihren Mitarbeiter dazu bringen, den Auftrag doch noch zu übernehmen. Mit verzweifeltem Gesichtsausdruck lauschte sie der Stimme im Hörer.
»Aber das sind doch nur zwei süße Mädchen, gerade mal acht Jahre alt. So schlimm können sie doch nicht sein?«, rief sie. Ihr Kopf zuckte vom Hörer fort, Markus' Stimme war laut geworden. Vorsichtig näherte sie sich wieder dem Telefon.
»Ja, gut, aber das war doch ein Unfall.«
Wieder hielt sie den Hörer etwas auf Entfernung, aber so, dass sie Markus verstehen konnte.
»So etwas machen Kinder nicht«, sagte sie dann. Ein ungläubiges »WAS?« kam aus dem Telefon.
»Markus, du musst zu den Al-Hashimis gehen, ich habe sonst niemanden mehr.«
Aus dem Hörer kam nur ein hässliches Lachen, dann war die Verbindung getrennt. Marlies stieß einen gequälten Seufzer aus. Ihr Weihnachtsmannverleih stand auf der Kippe. Sie konnte es sich nicht leisten, auch nur einen Kunden zu verlieren. Schon gar nicht einen so gut zahlenden wie Hassan Al-Hashimi. Seit sie ihr Geschäft nach der Scheidung vor drei Jahren gegründet hatte, konnte sie sicher sein, dass der eingebürgerte Iraker jedes Jahr einen Weihnachtsmann für seine Zwillingstöchter orderte. Allerdings musste sie zugeben, dass diese Auftritte, nun ja, nicht ganz unkompliziert waren. Keiner ihrer zwölf freien Mitarbeiter übernahm den Job zweimal. Und nachdem Erich im letzten Jahr zwei Wochen in die Reha gehen musste, hatte es sich endgültig herumgesprochen, dass der Job bei den Al-Hashimis kein Zuckerschlecken war. Was irgendwie immer mit den beiden engelsgleichen Töchtern zusammenhing.
Wieder seufzte Marlies. Sie hätte auch gerne Töchter, und einen Mann dazu. Aber ihr Ex hatte sich aus dem Staub gemacht, und seitdem schien sie vom Pech verfolgt. Die Liebe wollte sich in ihrem Leben nicht mehr einstellen. Sie schob diese sehnsüchtigen Gedanken beiseite und konzentrierte sich wieder auf ihr akutes Problem.
Ihr Blick wanderte zu der Garderobe, an der nur noch ein Weihnachtsmannkostüm hing, das eigentlich Markus heute tragen sollte. Es gab nur noch einen Weg, diesen Auftrag zu retten. Aber es wäre wohl besser, ein paar Sicherheitsvorkehrungen zu treffen. Sie holte einmal tief Luft und stand auf.

★★★

Die beiden Mädchen, Tatjana und Zofia, saßen aufrecht nebeneinander, ihre langen blonden Haare fielen ihnen bis auf die Schultern, ihre strahlend blauen Augen waren auf den Vater gerichtet, der vor ihnen auf und ab lief und auf sie einsprach.

Die Mädchen umgab eine majestätische Aura, was nicht von ungefähr kam. Schließlich entstammten sie einer Seitenlinie der irakischen Königsfamilie. Und mütterlicherseits floss das Blut der zaristischen Romanows in ihren Adern, allerdings ziemlich verdünnt.

Ihr Vater baute sich nun vor ihnen auf, die Hände auf dem Rücken gefaltet. Er trug einen marineblauen Zweireiher mit blütenweißem Hemd und silbergrauer Seidenkrawatte. Hassan Al-Hashimi trat stets elegant, aber nie protzig auf. Er war sehr darauf bedacht, sich in seiner neuen Heimatstadt, dem idyllischen Glückstadt, zu assimilieren. Genau darum ging es auch bei der Standpredigt, die er gerade seinen Töchtern hielt.

»Es geht nicht, dass ihr diese armen Männer misshandelt«, sagte Hassan Al-Hashimi jetzt.

»Aber warum denn nicht?«, fragte eines der Mädchen, wahrscheinlich Tatjana. Da sie einander so sehr glichen und auch die gleiche Kleidung trugen, war es selbst für den Vater schwer, sie auseinanderzuhalten. Und weil sie seine diesbezüglichen Nachfragen ignorierten, hatte er es auch aufgegeben.

»Weil es sich nicht gehört«, sagte er jetzt streng.

Tatjana (oder Zofia) verdrehte die Augen. Zofia (oder Tatjana) kräuselte ihr Näschen. »Dieser Weihnachtsmannbrauch ist *ridicule*.«

»Und dieser lächerliche Mantel.«

»Der weiße Bart ist mit einem Gummiband an ihren Ohren befestigt.«

»Aus denen Haare wachsen, und zwar schwarze.« Zofia(?) verzog angewidert das Gesicht.

»Außerdem schwitzen sie.«

»Der Letzte wollte, dass ich mich auf seinen Schoß setze!«

»Wie unangenehm.«

Ihr Vater unterbrach ihren typischen Pingpong-Dialog, indem er fragte: »Und deswegen hast du ihm eine Stricknadel in den Schenkel gerammt?«

Tatjana wich seinem Blick aus. »Ein Versehen«, hauchte sie.

»Und das Stuhlbein war auch aus Versehen angesägt?«

»Ein alter Stuhl«, flüsterte Zofia und zupfte ein paar unsichtbare Fussel von ihrem Kleid.

»Der Mann musste ins Krankenhaus.«

»Das Gefängnis wäre passender gewesen.«

»Der Weihnachtsmann im Gefängnis?«

Beide Mädchen richteten ihren Blick wieder auf den Vater. Ihre blauen Augen funkelten.

»Ein fremder Mann, der verkleidet in unser Haus gekommen ist.«

»Mit falschem Bart.«

»Ungewaschen.«

»Der kleine Mädchen begrapscht.«

»Einen Sack mit undefinierbaren Dingen auf dem Rücken.«

»Da könnten Waffen drin sein.«

»Sprengstoff.«

»Er könnte ein Terrorist sein.«

»Ein Killer.«

»Ein Entführer.«

»STOPP!« Der Vater hatte die Hand erhoben. Die Mädchen schwiegen.

Morgen geht es weiter

Hier aufschlitzen

17. Dezember

»Hört mir gut zu. Wir leben in einem fremden Land, und wir müssen uns den Gebräuchen anpassen. Eure Mutter hat darauf bestanden, dass ihr im christlichen Glauben erzogen werdet, und das werden wir respektieren.«

Zofia (Tatjana?) öffnete den Mund, aber ihr Vater gebot ihr mit einer entschiedenen Geste, zu schweigen.

»Dieses Jahr wird der Weihnachtsmann das Haus unverletzt verlassen.« Er zeigte nacheinander mit dem Finger auf seine Töchter. »Nicht einen Kratzer wird er davontragen.«

Die Mädchen zogen eine Schnute.

»Habt ihr verstanden?«

»Ja, Papa«, sagte Tatjana beleidigt.

»Wie du wünschst, Papa«, fügte Zofia hochmütig hinzu.

Hassan Al-Hashimi betrachtete seine Töchter nachdenklich. Natürlich wusste er, dass ihr Gehorsam nur gespielt war. Wahrscheinlich hatten sie bereits einen perfiden Plan entwickelt, wie sie den Heiligen Abend einen sehr unheiligen Verlauf nehmen lassen würden. Den Mädchen fehlte einfach die fürsorgliche und liebende Hand einer verständnisvollen Mutter. Es fiel ihm schwer, diese Eigenschaften im Zusammenhang mit ihrer leiblichen Mutter auch nur zu denken. Allerdings gab ihm das die Möglichkeit, den ultimativen Trumpf zu ziehen.

Er beugte sich vor, stützte seine Hände auf den Knien ab und lächelte seine liebreizenden, aber teuflischen Töchter an. Die bekamen augenblicklich einen wachsamen Ausdruck in den Augen.

»Falls ihr mich enttäuscht«, sagte er mit sanfter Stimme, »werdet ihr das nächste Weihnachten bei eurer Mutter verbringen.«

Die Mädchen rissen erschrocken die Augen auf.

»NEIN, Papa!«

»Das darfst du nicht tun!«

»Wir versprechen dir …«

»Wir schwören …«

»Niemals …«

Hassan Al-Hashimi richtete sich zufrieden auf. Dieses Jahr würden sie ein außerordentlich harmonisches Weihnachten erleben.

★★★

Natascha Al-Hashimi, geborene Olofsson, wünschte sich, eine Peitsche zur Hand zu haben. »Das ist grotesk«, rief sie. Ihr Diener krümmte sich, als hätte er tatsächlich einen Peitschenhieb abbekommen.

»Großfürstin«, winselte er, »Vergebung. Es war das einzige Kostüm, das ich noch bekommen habe.«

Die Anrede besänftigte Natascha ein wenig. Natürlich war sie keine Großfürstin. Aber sie wäre sicher eine gewesen, wenn diese grässlichen Bolschewiken nicht den Zaren aufgeknüpft hätten. Oder erschossen. Oder geköpft. Zum Teufel mit den Kommunisten. Es war eine schreiende Ungerechtigkeit, dass sie nicht entsprechend ihrem Stand behandelt wurde. Stattdessen hatte sie es mit einem schwachsinnigen Diener zu tun, dessen Weihnachtsmannkostüm mindestens fünf Nummern zu groß war. Der Mann sah vollkommen lächerlich darin aus. So konnte ihr Plan niemals gelingen.

»Und die Knarre«, sie zeigte auf die Kalaschnikow, die Wassilij in der Hand hielt, »besonders echt sieht die nicht aus.«

»Ist sie ja auch nicht. Für das Geld gab es nichts Besseres.« Voller Groll dachte sie an ihren Ex-Mann, der sie bei der Scheidung mit einer lächerlichen Summe abgespeist hatte. Und sie hatte nicht einmal etwas dagegen tun können, weil zu dem Zeitpunkt die deutsche Steuerfahndung hinter ihr her war. Diese verbeamteten Tintenpisser hatten einfach kein Verständnis für freies Unternehmertum. Natürlich hatte sie großzügig von den Übergangsgeldern und Unterhaltshilfen profitiert. Sie und ihre damals achtköpfige Familie. Die gab es zwar nicht, aber die Papiere waren gut gewesen. Immerhin hatte sie dafür auch gutes Geld hingelegt. Und es war eine gute Idee gewesen, in das Geschäft ihres Cousins zu investieren. Dass er in seinem Bordell auch Minderjährige anbot, war doch nicht ihr Fehler. Überhaupt, was hieß schon minderjährig. Sie selbst hatte in dem Alter schon ganz andere Sachen gemacht. Und war damit gut gefahren. Mit Mitte zwanzig war sie frei gewesen, hatte Geld gehabt, und die Welt hatte ihr offengestanden. Tja, und dann war sie Hassan begegnet.

Einen Moment lang ließ sie zu, dass die Erinnerung sie überwältigte. Er war ihr Märchenprinz gewesen. Es hatte sie voll erwischt. Und sie war anscheinend genau das, was er gesucht hatte: groß, blond, blauäugig – worauf diese Orientalen halt standen. Es war jedenfalls die perfekte Verbindung gewesen. Sie hätten das Glamour-Paar werden können. Aber Hassan wollte unbedingt Kinder, und sie war so blöde gewesen, ihm diesen Wunsch zu gewähren. Erst als ihr Bauch immer dicker wurde, war sie zur Besinnung gekommen. Natürlich hatte er eine Abtreibung verhindert. Er brauchte sich ja auch nicht mit der Geburt und dem anschließenden Gesäuge abgeben. Als die Polizei ihr auf die Schliche kam, war sie froh, die Blagen bei Hassan lassen zu können. Aber jetzt war das Geld alle. Und sie sah nur eine Möglichkeit, wie sie Hassan dazu bewegen konnte, ihr ihren wohlverdienten Teil seines Vermögens abzugeben.

»So geht es jedenfalls nicht«, sagte sie streng zu Wassilij, ihrem Diener. »So nimmt dir niemand die Rolle des Weihnachtsmannes ab.«

Ihr Plan war ebenso einfach wie genial. Wassilij sollte ihr in seiner Verkleidung Zugang zum Hause Al-Hashimi verschaffen. Sie wusste, dass Hassan auf diesen Zirkus stand. Dann würden sie sich das schnappen, was Hassan am meisten liebte: die beiden Mädchen. Natascha zweifelte nicht daran, dass sie in Kürze wieder in Geld schwimmen würde. Doch dafür brauchten sie einen glaubwürdigen Weihnachtsmann. Nachdenklich musterte sie den kostümierten Wassilij.

»Der Weihnachtsmann hat doch immer einen Gehilfen, diesen Knecht Ruprecht.«

»Ja, und?«, fragte Wassilij blöde.

So könnte es gehen. Sie war wesentlich größer als dieser Idiot, hatte auch in letzter Zeit ein wenig an Gewicht zugelegt. Vielleicht sogar ein bisschen zu viel. Mein Gott, was hatte sie denn sonst schon an Vergnügen? Jedenfalls würde ihr die Kleidung besser passen als diesem mageren Zwerg.

»Zieh dich aus«, befahl sie ihm. Wassilijs Augen wurden groß. Natürlich wusste sie, dass er scharf auf sie war und es ihr zu gerne besorgen würde.

»Denk nicht mal dran, Knecht Ruprecht«, zischte sie.

»Das ist doch nicht zu fassen! «, rief Katharina von Kranich empört. »Dieser Kameltreiber wohnt in einer Villa.«
»Wahrscheinlich von unseren Steuergeldern bezahlt«, kommentierte ihr Sekretär, Bernie, grimmig.
Langsam fuhren sie am Anwesen der Al-Hashimis vorbei. Auf der Suche nach arabischen Terroristen in Glückstadt war die Ortsgruppe der Partei schnell auf diesen Namen gestoßen. Sie hatten sofort erkannt, dass es sich dabei um einen Ausländer handeln musste, und zwar einen Araber. Allerdings hatten sie erwartet, dass der Terrorist in einer verdreckten Sozialwohnung hausen würde, vermutlich zusammen mit anderen Islamisten. Die Wahrheit erwies sich als wesentlich schlimmer.

»Wo ist der Treffpunkt?«, fragte Katharina von Kranich. Sie hatten eine Demonstration geplant, die direkt zum Hause des Terroristen führen sollte. Alle würden sehen, was für eine giftige Brut sie in ihrer geliebten Heimatstadt beherbergten. Es war von Kranichs geniale Idee gewesen, diese Demonstration an Heiligabend, dem christlichsten aller Feste, abzuhalten. Dazu hatte sie ein Schild gebastelt, auf dem »ARAB GO HOME« stand. Nun wollten sie zu den anderen stoßen, die sie sicher schon erwarteten.
Als Bernie nicht antwortete, wandte Katharina sich ihm zu. Er sah aus, als müsste er auf Klo.
»Was ist los?«, fragte sie.
»Na ja, es ist halt so«, wand er sich, »die meisten haben schon was vor.«
»Wie? Was vor?«
»Na ja, es ist Weihnachten.«
»Eben. Und wir haben einen Terroristen in unserer Mitte.«
Bernie zuckte mit den Schultern.
»Also gut, wie viele kommen?«, fragte sie.
Als Bernie wieder nicht antwortete, bekam ihre Stimme einen drohenden Unterton: »Bernie!«
»Was sollte ich denn machen?«, rief er. »Heute Abend ist Bescherung. Die Kinder ...«

»Pah, die Kinder!«, rief von Kranich. »Wenn wir nichts machen, werden die Kinder bald vollverschleiert in die Moschee geschleppt. Verdammt! Dann müssen wir das alleine stemmen. Wie gut, dass du keine Kinder hast.«
»Also, um ehrlich zu sein«, sagte Bernie und wies mit dem Daumen zum Rücksitz, auf dem ein Weihnachtsmannkostüm lag, »ich muss bei den Kindern meiner Schwester den Weihnachtsmann machen. Mache ich jedes Mal.«
Bernie hob schützend den Arm, als Katharina mit dem ARAB-GO-HOME-Schild auf ihn einschlug. »Hör auf, ich kann nichts dafür.«
Katharina ließ sich in ihren Sitz zurückfallen und schnaufte wütend.
»Ich gehe da hin«, sagte sie nach einer Weile entschlossen. »Ich gehe ins Haus rein.«
»Wie willst du da denn reinkommen?«, fragte Bernie erschrocken.
Katharina von Kranich warf einen Blick auf den Rücksitz, dann setzte sie ein listiges Lächeln auf. »Ich habe eine Idee«, sagte sie.

★★★

Der Weihnachtsbaum leuchtete in aller Pracht. Die Zwillinge hatten ihre besten Kleidchen angezogen und trugen sogar eine Schleife im Haar. Ihr Vater, Hassan Al-Hashimi, schaute zufrieden auf sie hinab.
»Ihr wisst, was ihr mir versprochen habt?«
Die Mädchen nickten synchron. Da pochte es dreimal an der Tür. Tatjana und Zofia zuckten zusammen. Sie vernahmen, wie Marianne, ihre Köchin, die Tür öffnete. Kurz darauf kam sie ins Wohnzimmer.
»Der ... äh ... Weihnachtsmann«, sagte sie mit einer etwas hilflosen Miene.
»Natürlich ist es der Weihnachtsmann, Marianne«, sagte Vater Al-Hashimi. »Bitten Sie ihn herein.«
Als der Weihnachtsmann eintrat, fiel den Mädchen der Unterkiefer runter.
»HOHOHO!«, machte der Weihnachtsmann mit einer Stimme, die zwar tief, aber nicht wirklich männlich klang. Als er Hassan Al-Hashimi erblickte, erstarrte er, riss die Augen auf und fiepte ein letztes »HO«.
Tatjana, Zofia und ihr Vater schauten verdutzt auf die unförmige Gestalt.
Unter der roten Mütze trug der Weihnachtsmann einen gepolsterten Lederhelm, wie ihn die Fänger beim Baseball trugen. Ebenso wie den dicken Fängerhandschuh und die Beinschützer, die unter dem Mantel hervorragten. Über der Schulter hatte der Weihnachtsmann einen Sack, in dem sich wohl die Geschenke verbargen. Aber er machte keinerlei Anstalten, sie auszupacken. Stattdessen starrte er weiter Hassan Al-Hashimi an, während sich langsam sein Gesicht über dem weißen Bart rötete.
Tatjana (oder Zofia) zupfte ihren Vater am Ärmel.
»Papa«, flüsterte sie, »das ist aber ein lustiger Weihnachtsmann.«

Morgen geht es weiter

Hier aufschlitzen

18. Dezember

Marlies hatte mit allem gerechnet, nur nicht, dass sie sich von einer Sekunde auf die nächste verlieben würde.
Die Baseballausrüstung hatte ihr Ex-Mann, Willi, zurückgelassen, als er ausgezogen war. Nach allem, was ihr ihre Leute über die früheren Besuche bei den Al-Hashimis erzählt hatten, schien ihr das die adäquate Ausrüstung für diesen Job. Nun aber begriff sie, dass die dicken Lederpolster das Wichtigste nicht schützen konnten: ihr Herz!
In dem Moment, da sie Hassan Al-Hashimi erblickte, war es um sie geschehen. Ihre Knie wurden weich. Aber das machte nichts, denn sie schwebte ja. In ihrem Bauch drehte sich ein Karussell zu süßer orientalischer Musik, die sie und diesen wunderschönen Prinzen einwob, wobei sich ihre Gliedmaßen wundersam ineinander verschlangen. Irgendwo in ihrem Inneren rief zwar eine verzweifelte Stimme etwas von Hormonstau, aber sie achtete nicht weiter auf das Geschwätz. Es gab nichts, was diesen wundervollen Moment zerbrechen konnte.
Bis ein paar harte Schläge an der Haustür sie aus ihrem Traum rissen.
Marlies blinzelte. Hinter ihr öffnete jemand die Tür. Die Frau, die sie eingelassen hatte, rief: »Nanu!«
Marlies sah auf die Mädchen, die wie Engel aussahen. Da rempelte sie jemand beiseite. Es war ...
... der Weihnachtsmann!

★★★

Katharina von Kranich war wütend. Es hatte damit angefangen, dass Bernie den Mantel nicht rausrücken wollte. »Aber die Kinder meiner Schwester!«, hatte er gerufen. Als sie es schließlich geschafft hatte, ihm den roten Fummel zu entreißen, hatte er geweint. Es war wirklich ein Kreuz mit den Männern, keiner hatte mehr Mumm.
Kaum hatte sie den Mantel an, fiel ihr auf, dass er nach alter Unterwäsche stank. Außerdem schwitzte sie darin. Und unter dem blöden Bart juckte ihre Haut. Zudem hatte sie ständig Fussel im Mund. Sie war also schon richtig geladen, als sie in das Haus des Arabers stürmte. Was sie da sah, gab ihr den Rest.

Dieser stinkende Kameltreiber hatte zwei blonde, offensichtlich deutsche Mädchen an seiner Seite. Sie mochte sich gar nicht ausmalen, wie es dazu gekommen war. Und wo war die Mutter? Wahrscheinlich saß sie im hinteren Teil des Hauses, eingehüllt in eine Burka. Oder einen Kebab oder wie die Dinger hießen.
Sie stellte sich vor den Araber, reckte das Schild in die Höhe und kreischte: »Arab go home!« Dann fiel ihr ein, dass das ja schon auf dem Schild stand. Aber wahrscheinlich konnte er eh nicht lesen. Dennoch fand sie, dass sie die Parole erweitern sollte. »Araber raus aus Glückstadt!«, schrie sie, spuckte ein paar Wattefussel vom Bart aus und setzte nach: »Und aus Deutschland!«
Der Araber glotzte sie mit offenem Mund an. Hinter ihr räusperte sich jemand. Sie fuhr herum und bemerkte erst jetzt so richtig den anderen Weihnachtsmann mit Baseballhelm und Knieschützern. Der schwitzte anscheinend noch mehr als sie, denn er war schon ganz rot angelaufen.
»Wer ...«, sie spuckte wieder Fussel aus, griff entschlossen nach dem Bart und zog ihn runter, sodass er unter ihrem Kinn klemmte. »Wer bist du Penner denn?«, fuhr sie den anderen fusselfrei an.
Ehe der Baseballweihnachtsmann etwas antworten konnte, polterte es erneut an der Tür. Hatte Bernie sich doch noch durchgerungen?

★★★

Die Köchin kam ins Wohnzimmer geeilt. »Herr Al-Hashimi, ich kann nicht mehr, das geht zu weit.«
Marlies traute ihren Augen nicht, als noch ein Weihnachtsmann ins Zimmer gestürmt kam. Er war von ziemlich imposanter Gestalt und wurde von einem komischen Kauz mit einer Adidas-Sporttasche begleitet. Der Kauz trug eine braune Mütze, ein kariertes Hemd und ausgebeulte Jogginghosen. Und einen falschen Bart. Aber der war schwarz. Als Weihnachtsmann konnte der jedenfalls nicht durchgehen.
»So, ihr zwei Hübschen«, rief der neue Weihnachtsmann mit tief gelegter Stimme, »kommt doch mal her!«
Dann gewahrte er die beiden anderen Weihnachtsmänner und furchte verärgert die Stirn. »Wer, zum Teufel, seid ihr denn?«, fügte er mit eindeutig weiblicher Altstimme hinzu.
»Mama?«, riefen die beiden Mädchen entsetzt im Chor.
»Sie sind die Mutter?«, kreischte die Arab-go-home-Weihnachtsfrau. »Tragt ihr jetzt schon rote Kebabs? Und auch noch falsche Bärte?«
Marlies fand, es war an der Zeit, einzugreifen. Die Frau war eindeutig verrückt. Sie beleidigte diesen wundervollen Mann, mit dem Marlies den Rest ihres Lebens zu verbringen gedachte. Dass die Hünin die Mutter der Kinder sein sollte und somit auch die Angetraute ihres Traumprinzen, verstörte sie zwar. Aber sie war sicher, eine Lösung finden zu können. Begeistert waren jedenfalls weder Vater noch Töchter von ihrem Auftauchen. Im Übrigen war das hier ihr Job, für den sie bezahlt wurde. Es konnte nur einen Weihnachtsmann geben.
»Hören Sie mal«, wandte sie sich an die Schildträgerin, »Sie haben hier nichts zu suchen. Verlassen Sie sofort das Haus.«

»ICH soll das Haus verlassen!« Der Fusselbartträgerin quollen fast die Augen aus dem Kopf. »ICH BIN IN DIESEM LAND ZU HAUSE.«

Ehe Marlies irgendetwas sagen oder tun konnte, holte die Verrückte aus und drosch ihr das Schild auf den Kopf.

Zwar merkte Marlies kaum etwas davon, weil ihr Lederhelm den Schlag komplett abfing. Aber jetzt wurde sie richtig ärgerlich. Sie zog der Frau am Bart und ließ ihn in ihr Gesicht zurückschnellen. Die Verrückte quietschte und fuchtelte weiter mit dem Schild herum.

»Jetzt reicht es«, knurrte die Hünin und streckte dem Kauz eine Hand hin. »Wassilij, die Wumme!«

Der kleine Kerl griff in die Adidas-Tasche und zog ein Schnellfeuergewehr hervor. Marlies schoss das Adrenalin in die Adern. Noch während die Riesenweihnachtsmännin das Gewehr entgegennahm, griff Marlies in den Sack. Entsetzt sah sie, wie die große Frau die Waffe auf die Al-Hashimis richtete.

»Ihr zwei Süßen kommt jetzt mit mir«, grollte sie.

»Terroristen!«, schrie die Schildträgerin. »Selbstmordattentäter go home!«

Marlies zog den Baseballschläger hervor, den sie als ultimative Schutzmaßnahme eingepackt hatte, und schlug mit voller Wucht auf das Gewehr. Das zerbrach sofort in zwei Teile. Mit einem zornigen Fauchen fuhr die Hünin zu Marlies herum und rammte ihr den Gewehrkolben gegen die Brust. Das machte ihr nichts aus, weil sie unter dem Mantel rundrum eingepolstert war. Sie schlug der Frau den Gewehrkolben aus der Hand und traf dabei ihre Finger. Zornig jaulte die Weihnachtsmännin auf.

Mittlerweile hatte die aufgebrachte Katharina von Kranich eingesehen, dass sie gegen die Hünin nichts ausrichten konnte. Und auch bei dem Baseballweihnachtsmann kam sie nicht weiter. Aber da war ja noch der hässliche Kerl mit dem schwarzen Bart. Das war doch ein Taliban, sah man ja sofort. Sie knallte ihm das Schild ins Gesicht. Der Taliban ruderte mit den Armen und versuchte, sich in Sicherheit zu bringen. Von Kranich setzte nach.

Großfürstin Natascha Olofsson war außer sich vor Zorn. Wie konnten diese gewöhnlichen Kreaturen es wagen, sich ihr in den Weg zu stellen. Voller Schrecken musste sie feststellen, dass dieser vermummte Weihnachtsmann ihrer Entschlossenheit widerstand. Doch so schnell gab sie nicht auf. Sie griff nach dem Sack, der zwischen ihnen auf dem Boden stand, und holte aus, um damit den Baseballweihnachtsmann umzuhauen. Doch der Mistkerl war schneller. Er duckte sich, und Natascha wurde vom Schwung um ihre eigene Achse gedreht. Sie traf die Verrückte voll ins Kreuz. Die stand gerade mit hoch erhobenem Schild über dem am Boden liegenden Wassilij, um ihm den Todesstoß zu versetzen. Der Schlag mit dem Sack haute ihr nicht nur das Schild aus den Händen, sondern warf auch sie um. Sie landete direkt auf Wassilij. Mit einem harten Knacken schlugen ihre Köpfe aneinander.

Marlies zögerte nicht. Die Hünin wandte ihr den Rücken zu. Sie haute ihr den Baseballschläger in die Kniekehlen. Die angebliche Mutter der Kinder sackte mit einem Auf-

schrei zu Boden. Marlies war drauf und dran, der blöden Kuh eins über die Rübe zu geben, als ihr Blick auf die Al-Hashimis fiel.
Die drei standen immer noch vor dem Weihnachtsbaum und sahen sie mit großen Augen an. Mit einem Mal schämte Marlies sich. Eine Schlägerei schien ihr nicht wirklich ein brauchbarer Weg zu sein, um ihren künftigen Bräutigam für sich einzunehmen. Ohne die stöhnende Hünin weiter zu beachten, verbarg sie den Baseballschläger verlegen hinter ihrem Rücken. Jetzt vernahm sie die Polizeisirenen, die sich rasch näherten. Eines der beiden entzückenden Mädchen zupfte seinen Vater am Ärmel.
»Papa«, sagte sie eindringlich, »das waren diesmal aber nicht wir.«

★ ★ ★

Marlies saß neben Hassan Al-Hashimi auf dem Sofa, während die Polizei Natascha Olofsson abführte. Ein wenig ratlos waren die Beamten bei den anderen beiden Eindringlingen. Katharina von Kranich lag bewusstlos auf dem ebenfalls bewusstlosen Wassilij. Da der alle viere von sich gestreckt hatte, wirkte die Position etwas verwegen.
»Sieht aus, als wenn der Weihnachtsmann Knecht Ruprecht bumst«, murmelte einer der Polizisten.
Die Mädchen hatten alles gut verkraftet, sie hockten unter dem Weihnachtsbaum und packten ihre leicht demolierten Geschenke aus.
Marlies wand sich verlegen. Sie hatte ihre Verkleidung und Schutzpolster abgelegt.
»Hören Sie, Herr Al-Hashimi, ich ...«
Er unterbrach sie. »Sie haben uns gerettet«, sagte er voller Bewunderung.
»Ich ... äh ... finden Sie?«
»Ich habe noch nie eine Frau wie Sie gesehen. Würden Sie uns die Freude machen und mir beim Essen Gesellschaft leisten?«
»Ja, gerne«, hauchte sie.
Hassan Al-Hashimi erhob sich und bot ihr seinen Arm. Marlies hakte sich errötend lächelnd bei ihm unter. Auf dem Weg ins Esszimmer hielt sie inne und fragte: »Was ist mit den Mädchen?«
Hassan seufzte. »Ich glaube, keine Macht der Welt kann sie dazu bewegen, von ihren Spielsachen abzulassen.«
Marlies strahlte ihn an. »Darf ich es versuchen?«
»Warum nicht?«, erwiderte Hassan amüsiert, aber auch ungläubig.
Marlies schaute über die Schulter.
»Tatjana! Zofia!«
Die Köpfe der beiden Mädchen ruckten hoch.
»Ja«, antworteten sie synchron.
»Kommt ihr zum Essen?«
Die Mädchen hatten begriffen, dass mit dieser Frau nicht zu spaßen war. Sie erhoben sich augenblicklich und stellten sich hinter Marlies und Hassan auf. In dessen Augen stand grenzenlose Bewunderung.
»Ich glaube«, sagte er, »das wird ein sehr harmonisches Weihnachtsfest.«

Ende

Hier aufschlitzen

19. Dezember

ANSELM NEFT

Das entwendete Säckchen

Alles hätte so schön sein können. Ich habe nichts gewollt außer Ruhe und Frieden. Vor allem Ruhe. Und es hat sich gut angelassen. Aber jetzt ist Knut, der Lavendelsack, fort und mit ihm der Hauch von Entspannung, den ich in den letzten Tagen mühsam erreicht habe. Gestern noch beglückwünschte ich mich zu meinem Plan, ja, fühlte ich beim ziellosen Bummel durch den brachliegenden Klostergarten ein zwanglos aus meiner Körpermitte aufsteigendes Lächeln. Den immensen Druck, der mich verformt hatte, konnte ich erst in diesem Moment, in dem er eindeutig nachließ, in seiner Gänze erfassen. Und jetzt ist es, als wäre ich aus einem kurzen, wohligen Traum aufgewacht und wieder vollständig die beklagenswerte Kreatur, in der sich grässliche Gereiztheit und antriebslose Stumpfheit zu einem grauen Gewölle verklumpen.

Wo, wo ist Knut? Man mag es ja für kindisch halten, aber das Säckchen mit Lavendel ist in den letzten wirklich nicht gerade leichten Wochen, ach Monaten, mein treuster Begleiter gewesen. Sonja hat sich von mir getrennt, und ich kann sie sogar verstehen, auch wenn es mich weiterhin grauenhaft wütend und zugleich völlig schlaff macht, ein hochgejagter Formel-1-Motor in einer Seifenkiste. Sie habe meine Aussetzer, Ausrutscher und Ausraster nicht mehr ertragen können. Gegen ihren Willen, wie sie beteuerte, habe sie sich völlig verschlossen, habe sie sich irgendwann nicht mehr von mir berühren lassen und ohne Beklemmungsgefühle kaum noch mit mir in einem Zimmer sein können. Natürlich, ich hätte damals beim Italiener dem Arsch am Nachbartisch nicht den Teller mit Fusilli über dem Kopf ausleeren und auch nicht Sonjas Chefredakteur bei diesem Empfang als »Windbeutel« bezeichnen sollen, um nur mal zwei Beispiele zu nehmen. Natürlich. Natürlich. Natürlich. Ich hätte mir Hilfe holen sollen, aber ich wollte oder konnte nicht. Genau genommen musste ich Sonja dankbar sein, denn erst durch die Trennung bin ich auf dem Boden der Tatsachen angekommen: Mir geht es nicht so recht! Vielleicht brauchte ich tatsächlich Hilfe. Und so ist mir die Idee gekommen, Weihnachten eben nicht bei meiner Herkunftsfamilie zu verbringen, die mich schon in besseren Phasen verlässlich in den Wahnsinn treibt, und auch nicht mit ein paar Freunden um die Häuser zu ziehen und mich zwischen sexuell gefärbter Melancholie und Suff aufzureiben, sondern innere Einkehr zu suchen und zu finden, und zwar bei einem dreiwöchigen Aufenthalt im Kloster Schwarzenberg im schönen Frankenland. Was brauchte ich mehr als eine stille Kemenate in reizarmer Umgebung? Bett, Tisch, Stuhl, Schrank, ein Ohrensessel – fertig. Das würde mir das Mütchen kühlen! Dazu der feste Tagesablauf, Gesänge, Gesänge, Gesänge, Mahlzeiten in aufgeräumter Verfassung, Mönche, die in wundervoll gedeckten Farben schweigend einherschreiten, und die ländliche Idylle des Steigerwaldes – besser geht es doch nicht, um mein völlig vergiftetes Hirn zu detoxen und den fies knisternden Strom abfließen zu lassen, unter dem mein gesamter Organismus vibriert. Kein Fernsehen, kein Internet und vor allem keine Krimis. Nichts, was mich an diese ganzen Morde, Vergewaltigungen und Foltereien erinnert, die ich mir die letzten Jahre ausgedacht hatte. Wobei »ausdenken« nicht das richtige Wort ist: Recherchiert habe ich, und zwar wie ein Besessener. Bis zum Anschlag, und darüber hinaus habe ich mir den Dreck der Welt reingesogen, ihn nach immergleichem Muster zügig fiktionalisiert und als Text wieder von mir gegeben. Allerdings hat der Dreck Rückstände hinterlassen und im Laufe der Zeit mein Gemüt mit einem Schmierfilm verklebt.

Dabei wollte ich nie Krimis schreiben! Es fing damit an, dass mein neues Romanmanuskript abgelehnt wurde. Eigentlich ein ganz starker Text, meinte mein Lektor, leider sei zu befürchten, dass die Leserschaft dafür noch kleiner sein würde als für meine beiden bisherigen Romane. Ich wolle doch nicht in Schönheit sterben. Aber er habe da eine Idee für mich, schließlich könne ich doch wirklich gut schreiben. Anstatt misstrauisch zu werden, ließ ich mich von der Schmeichelei einfangen; mein tief verunsichertes Autorenich gierte ja nach Bestätigung. Kurz darauf unterschrieb ich den Vertrag als Ghostwriter für einen berühmten skandinavischen Thrillerautor. Anstatt mich zu fragen, warum Jo Hakan Blodström seine kranke Scheiße nicht weiterhin selbst zusammenkleisterte, erzählte ich Sonja euphorisch von den enormen Verdienstmöglichkeiten: fünf Prozent der fünfzehn Prozent, die Blodström vom Nettoladenpreis eines verkauften Buches erhielt, das klang zwar nicht nach viel, aber wenn man bedachte, dass sich jeder einzelne Band seiner Kommissar-Olsen-Reihe millionenfach verkaufte, kam man schnell auf ein Honorar, von dem ich bisher nur hatte träumen können.

Anfangs fragte ich mich noch nicht einmal, warum für schwedische Krimis kein schwedischer Ghostwriter beauftragt wurde, sondern meine deutsche Version anschließend ins Schwedische übersetzt werden sollte. Erst später verstand ich, dass der deutschsprachige Markt ja viel größer ist und dass es außerdem in Schweden niemanden mehr gab, der den Job noch machen wollte. Jo Hakan Blodström selbst hatte bereits nach dem ersten Band auf Anraten seiner Frau das Schreiben eingestellt und nach einem zweijährigen Yoga-Retreat mit ihr gemeinsam unter Pseudonym eine hübsche Kinderbuchreihe um Björn, den frechen Igel, begonnen. Der erste Ghostwriter war dann gleich in der Psychiatrie gelandet, ein weiterer hatte sich umgebracht, der dritte führt inzwischen wohl einen anthroposophischen Ponyhof in Småland. All das hatte mein Lektor gewusst und mir verschwiegen.

»Verstörung« – meinen ersten Titel für die Kommissar-Olsen-Reihe – hatte ich noch einigermaßen gut weggesteckt, auch wenn Sonja damals schon meinte, ich käme ihr irgendwie fahrig vor, ja regelrecht überdreht. Bei »Verbitterung« konnte ich bereits gar nicht mehr abschalten, und spätestens bei »Vergewaltigung« wurde es dann wirklich kritisch.

Morgen geht es weiter

Hier aufschlitzen

20. Dezember

Aber ich Pfosten musste ja von Geldgier getrieben und gebunden durch die anfangs blindlings überlesenen Vertragsklauseln auch noch »Vernichtung« und »Verwesung« schreiben und mir für jeden Band neue Abscheulichkeiten wie gevierteilte Achtjährige und geachtelte Vierjährige ausdenken.

Und jetzt bleibt mir zum Trost nur der Lavendelsack, aber der ist weg. Gestern Nacht habe ich ihn noch in der Hand gehalten und ihn danach NICHT aus dem Bett genommen. Heute habe ich das ganze, sehr übersichtliche Zimmer mehrfach nach Knut abgesucht, und ich kann leider keine andere Erklärung für sein Verschwinden finden, als dass er entwendet wurde. Da ich mein Zimmer nicht abschließe, kommt jeder hier in Frage: angefangen bei der radebrechenden Putzfrau über die unförmige Sekretärin und die sieben karpfengesichtigen Konventsbrüder bis hin zu irgendeinem innerhalb der weitläufigen Klostermauern irrlichternden Gast, wie zum Beispiel diese blasse, schwarzhaarige Frau, die mir gestern Abend bei der Vesper in der Wallfahrtskirche als Störung des beruhigenden Gleichmaßes ins Auge gefallen ist.

Doch genug von der! Wenn ich meinen Lavendelsack wiederhaben will, muss ich meine Aufregung bemeistern und mit nüchternem Verstand an die Angelegenheit herangehen. Zunächst einmal muss ich atmen, die 2-4-2-Methode und schön in die Füße hinein, bis sich diese »ganz satt« anfühlen (ich zitiere Sonja aus Tagen, in denen wir es noch miteinander versuchten!). Atmend löse ich nach und nach das harte Wutei in meiner Brust auf, wobei nun daraus ein klägliches Trauerküken schlüpft und mir schmerzhaft ins Herz pickt. Aber ich darf mich nicht von Emotionen lenken lassen, wenn der Fall gelöst werden soll. Ich muss alle Fakten unvoreingenommen und gleichwertig betrachten, anders als Kommissar Olsen, der Alkoholiker und Scheidungstraumatisierte, dessen Fälle sich immer unnötig in die Länge ziehen, bis sich die Leichenberge nur so auftürmen, trotz der sehr kompetenten Kriminalpsychologin aus der operativen Fallanalyse, die allerdings in »Verfolgung« selbst als Serienmörderin gestellt wird, was sehr schwer ist, weil sie ja genau weiß, wie die Stockholmer Polizei arbeitet. Eine harte Nuss! Egal, morgen ist Heiligabend, und bis dahin will ich Knut zurück. Sonja meinte oft, ich sei so egozentrisch geworden, dass man mir noch nicht einmal einen Goldfisch anvertrauen könne. Wenn ich Knut jetzt aufgebe, kann ich mich gleich selbst aufgeben. Ich notiere also, wann ich den Sack zuletzt gesehen und wann ich danach das Zimmer für das Frühstück verlassen habe, und auch, wann mir das Verschwinden bewusst geworden ist. Und siehe: Der Zeitraum zwischen letzter Sichtung am Morgen und registriertem Verlust nach dem Mittagessen, nach dem ich neuerdings immer ein Nickerchen zu machen pflege, beträgt fünf Stunden. Fünf Stunden, in denen jemand mein unabgeschlossenes Zimmer betreten und Knut an sich genommen haben muss. Vielleicht, um Lösegeld von mir zu fordern. Nein, das ist Quatsch. Ich muss aufhören, wieder in solchen Bahnen zu denken, sonst habe ich gleich einmal mehr ein typisches Blodström-Szenario vor Augen, so wie in »Vergiftung«, als die Sängerknaben eines Göteborger Chors durch Psychopharmaka … Aber genug davon. Die zeitliche Eingrenzung hilft mir dabei, glasklar zu erkennen: Es kommt wirklich jeder in Frage. Und jede! Vielleicht muss ich beim Motiv ansetzen. Ich verstehe mittlerweile viel von den dunkelsten Antrieben der menschlichen Natur. Nichts Verdrehtes ist mir fremd. Das Einzige, was ich bis heute nicht begreife: Warum lesen Millionen von Menschen, vor allem Frauen, diesen ekelerregenden Mist über gestörte Perverse, die nackt auf einen OP-Tisch fixierten Frauen durch Glasröhren Ratten in die Vagina laufen lassen? Gut, die Idee hatte ich entweder bei Bret Easton Ellis oder bei Joyce Carol Oates geklaut, also bei »American Psycho« oder »Martyrium«, typischen Bettlektüren in meiner aktiven Phase als Thriller-Ghostwriter, aber derlei war und ist meinen Leserinnen egal, weil sie entweder nichts kennen außer Olsen und »Tatort« oder alles sofort wieder vergessen oder es – im Gegenteil – schätzen, wenn ihnen das Allermeiste vertraut erscheint, so eine Art Hitparade der Gewaltverbrechen und Psychopathologie. Millionen von Frauen. Unauffällige, angepasste, in der Gesellschaft funktionierende Frauen. Wenn das nicht gruseliger ist als jeder Serienmörder!

Aber zurück zum Motiv in Sachen Knut. Um mir mein Säckchen zu klauen, muss der Dieb zunächst einmal wissen, dass ich ein solches überhaupt besitze. Tatsächlich war ich am ersten Tag noch recht verstört mit Knut in der Hand durch die Klostergänge gelaufen und hatte ihn auch beim abendlichen Singen in der Wallfahrtskirche an meine Brust gepresst. Es ist gut möglich, dass ihn jemand gesehen und entsprechende Begehrlichkeiten entwickelt hat.

Ich gehe im Geiste die Menschen vor Ort durch, die Knut in den letzten Tagen gesehen haben können, und komme zu dem Ergebnis: eigentlich alle! Aber zu wem passt es, den Lavendelsack nicht nur haben zu wollen, sondern dann auch tatsächlich während meiner Abwesenheit eiskalt in mein Zimmer einzudringen und Knut zielstrebig an sich zu nehmen? Ich kann es mir bei jedem Einzelnen vorstellen, oft nur allzu gut. Da ist zum Beispiel Bruder Guntram mit dem Kugelbauch, hinter dessen leutseliger Fassade sich zweifellos Abgründe verbergen. Oder der hagere Bruder Polykarp mit den dunkel glosenden Augen. Dann der junge, schweinsgesichtige und erkennbar geistig zurückgebliebene Bruder Michael mit seinen abstoßenden Birkenstock-Sandalen, oder der bebrillte Bruder Georg, dessen feuchten Händedruck ich immer noch spüre, ein schwitzender Lügner und Wichsphantast, der sich vermutlich genau jetzt in diesem Moment an meinem armen Knut gütlich tut! Aber auch der Sekretärin mit ihrer pumucklrot gefärbten, beim Dorffriseur sicher als »frech« angepriesenen Kurzhaarfrisur traue ich keinen Meter über den Weg! Zu oft hat mir das Leben solche damenbärtigen Matronen in die Quere gewuchtet, gerade im Kulturbetrieb kommt man nicht an ihnen vorbei. Einer Frau dieses Schlages würde ich es zutrauen, mir meinen Knut aus purer Bosheit zu entwenden, also nur, um einen weiteren Mann wimmernd zusammenbrechen zu sehen, während ihr vor Triumphgefühl die Schamlippen flattern! Und dann sind da noch die zwei Menschen mit »Down-Syndrom«, wie es heute politisch korrekt heißt, die in der Küche arbeiten: Männlein, Weiblein, »divers« wer vermag das zu sagen? Ist es nicht wahrscheinlich, dass einer der beiden ein Auge auf mein Säckchen geworfen hat, als ich ihnen beim ersten Rundgang vorgestellt worden bin?

Morgen geht es weiter

Hier aufschlitzen

21. Dezember

Ich werde die Zelle jeden Mönches, die Unterkunft der Sekretärin und die Schlafstätten der beiden Köche heimlich untersuchen müssen, wenn ich es genauer wissen will! Oder aber ich setze eine Befragung an, wie es Olsen in »Vernehmung« tut, einem besonders müden Ekelkrimi, in dem ich mich dreist an »Mord im Orientexpress« bediene und alle Befragten die Mörder eines Rechtspopulisten sind, der in einem Wellnesshotel in den Alpen ... Ist. Ja. Auch. Egal. Andererseits: Was, wenn sich alle hier im Kloster gegen mich verschworen haben? Vielleicht sitzen sie bereits in einem Seminarraum, werfen sich Knut zu und lachen so schallend wie gehässig über den armen Irren aus Hamburg, der vor drei Tagen als Häufchen Elend mit seinem blöden Lavendelsack hereingeschneit kam. Und mittendrin in dieser Runde die blasse, schwarzhaarige Frau, die ja einen handfesten Schatten haben muss, ich meine, wer fährt in diesem Alter alleine über Weihnachten ins Kloster! Und hat nicht gerade sie mich öfter nachgerade verstohlen angesehen und ganz eindeutig registriert, wie ich Knut in der Hand geknetet oder an meine Brust gepresst habe?

Jetzt fällt mir wieder ein, wie ich mich am ersten Abend erschöpft in der Nordgalerie des Kreuzgangs auf einer Bank sammelte, Knut neben mir, derweil Schneeflocken aus anthrazitfarbenem Himmel lautlos in den Hof rieselten. Und da schwebte die sonderbare Frau durch die Gänge, die Arme auf dem Rücken, den Blick gen Boden gerichtet, nur um dann plötzlich zu mir hinzustarren und zu fragen, ob es mir gutgehe. Bereits da warf sie den ersten Seitenblick auf Knut. »Danke, ja!«, erwiderte ich, aber trotz meines reservierten Tonfalls blieb die Frau weiterhin stehen, so als erwarte sie von mir nun noch eine große Offenbarung oder zumindest eine höfliche Gegenfrage. Mir war aber nicht nach reden, sodass ich mit einem vielleicht etwas groben »Man sieht sich!« das Gespräch offiziell für beendet erklärte. Die Schwarzhaarige wiederholte meine drei Abschiedsworte unheilschwanger und linste dabei abermals zu Knut. Ich muss sie eindeutig als meine Hauptverdächtige begreifen und werde mit der Untersuchung ihrer Kemenate anfangen. Gerne würde ich jemand in meinen Plan einweihen, aber hier in diesem verkommenen Kloster ist wirklich niemandem zu trauen. Die Welt ist schlecht, und die Entwendung Knuts, eines billigen Lavendelsäckchens, das nur für mich allein von Bedeutung ist, zeigt das in aller niederschmetternden Klarheit.

Mittlerweile ist ein Plan in mir gereift, und ich suche die Sekretärin auf. Als ich eintrete, sitzt Frau Hornmeyer schlecht gelaunt in ihrem Büro, hält ein Stück Bienenstich damenhaft in den Fingern der einen Hand und ein Buch in der anderen, auf dessen Cover ich eine Machete auf schwarzem Grund erkennen kann. Ich erinnere mich an »Verwundung« und greife auf eine Taktik zurück, die Olsen dort gegenüber einer ähnlichen Type angewandt hat. Ich versuche es also nicht mit halbgarer Schmeichelei in Bezug auf Frau Hornmeyers Aussehen, sondern erkläre der fetten Wachtel, dass ich ein Problem habe und mich damit nur an sie wenden könne. Ich bräuchte einen Menschen, der vertrauenswürdig und hochkompetent zugleich sei. Es gehe um einen Kriminalfall. Tatsächlich: Die Sekretärin stellt den Bienenstich beiseite. Dann erzähle ich eine Räuberpistole – wenn ich etwas kann, dann das! Sie handelt von einem zwielichtigen Mann südländischen, ja vorderorientalischen Aussehens, der hier im Kloster mit einer Dame eine Affäre angefangen habe. Dabei nutze er das naive Ding nur aus, um Drogen in ihrem Zimmer zu verstecken, die ansonsten bei einer anstehenden Razzia der Polizei in die Hände fallen würden. All das wisse ich, weil ich den Südländer gestern Abend bei einer Exkursion in die Taverna Zorbas im Gespräch mit einem Kollegen belauscht habe. Zufälligerweise habe ich so gesessen, dass mich die beiden Gauner nicht sehen konnten.

Die Sekretärin hört interessiert und mit hochkompetentem Gesichtsausdruck zu, ganz so, als hätte sie mit nichts anderem gerechnet. Dann aber fragt sie in ihrer penetranten bayrischen Sprachfärbung überraschend, warum zum Kuckuck ich zum Zorbas gehen müsse, wenn es hier im Kloster besseres Essen und in Scheinfeld auch den Löwen und das Weiße Ross gebe. Ich mime den Ertappten und sage zerknirscht: »Ich weiß nicht, ob Sie es verstehen können, Frau Hornmeyer, aber manchmal muss es bei mir einfach ein widerwärtiges Souvlaki sein, mit ölgetränkten Pommes und viel Tsatsiki.« Die Sekretärin sieht mich todernst an, dann beginnen ihre Augen verschwörerisch zu leuchten. »Und rohe Zwiebeln!«, sagt sie. Ich habe die Matrone am Haken. Sie kann ihre Aufregung kaum verbergen, als ich unschuldig frage, wer denn bloß diese Dame sein könne. Gleich wird sie mir den Namen der Schwarzhaarigen nennen und sehr bald mir ihr Zimmer aufsperren, auf dass ich Knut zurückholen kann! Doch stattdessen beugt sich die Hornmeyer in ihrem bunten Oberteil ein Stück zu mir und flüstert mit winzig kleinen Bienenstichresten im Damenbart: »Die Welt is schlecht. Glauben S' mir! Es gibt vuil mehr Gesindel als wie Rechtschaffene.« Eigentlich möchte ich die Hornmeyer fragen, wie viel Gesindel sie denn so kennt, aber stattdessen packe ich sie am weichen Oberarm, nicke und sage: »Da sagen Sie etwas. Wem kann man denn heutzutage überhaupt noch trauen? Mord und Totschlag, wohin man blickt!«

Die Hornmeyer blickt mich wolllüstig an und legt mit einer akzentuierten Bewegung ihren Thriller beiseite. Dann fingert sie einen Schlüsselbund aus einer Schublade hervor, wuchtet sich aus dem Stuhl und sagt: »Ich weiß schon, wo wir suchen müssen! Is guat, dass Sie gleich zu mir gegangen sind. Wir im Kloster regeln unsere Angelegenheiten scho gern privat. Wem soll man scho trau'n? Der Polizei? Ha!« In diesem Moment klopft es an der Bürotür, und kurz darauf steht die Schwarzhaarige im Raum. In den Händen: meinen Knut!

»Entschuldigung«, sagt sie zaghaft, »ich wollte ... Ach, da bist du ja!« Sie sieht mich freundlich an und hält mir Knut hin: »Hier dein Sack, den hast du heute beim Mittagessen auf deinem Stuhl vergessen.« Ich will etwas sagen, doch mit einem Mal schießen mir Tränen in die Augen. Ich weine und weine und kann nicht aufhören, es ist, als ob sich eine jahrealte Verstopfung hinter den Augen und in der Brust löste. Es wird dann ein sehr schönes Weihnachtsfest. Und Knut darf bis spät in die Nacht am Kamin sitzen.

Ende

Hier aufschlitzen

22. Dezember

CARLA EISFELDT

Corona-Weihnachtsbesuch

»Neubauer, hallo?«
Zwei Worte reichen aus, damit der Besitzer der Stimme auf Anhieb unsympathisch ist. Hört sich an wie einer dieser Überflieger, die in vierundzwanzig Stunden das erreichen, wofür Otto Normalbürger eine Woche oder länger braucht.
»Halloo?«, dröhnt es erneut aus dem Lautsprecher, diesmal ungeduldig.
»Du musst schon antworten«, flüstert Erika und schiebt das Telefon ein Stück näher an Rudi heran. Die Freisprechfunktion ist aktiviert, damit er dem Gespräch besser folgen kann.
Rudi räuspert sich vernehmlich. »Hallo?«, krächzt er.
»Wer ist da?«, kommt es misstrauisch zurück.
Rudi beugt sich näher zum Telefon. »Ich komm Weihnachten nach Haus!«, verkündet er.
»Wer sind Sie?«
»Ich komm Weihnachten nach Ha-aus!«, versucht es Rudi etwas lauter.
Stille. Die andere Seite scheint zu überlegen, auch Erika und Rudi warten.
»Hallo?«, fragt Rudi nach einer Weile noch einmal.
»Papa, bist du das?«
Rudi nickt. »Ja!«, freut er sich. Na endlich ist der Groschen gefallen! Die Gegenseite hört sich allerdings weniger erfreut an. »Ist was passiert?«
»Ich komm doch Weihnachten nach Haus!«, wiederholt Rudi.
»Was redest du für einen Unsinn?«, poltert es aus dem Telefon. Hilfesuchend wirft Rudi Erika einen Blick zu. Was nun? Erika tätschelt ihm liebevoll die Hand. »Sehr gut machst du das!«, lobt sie.
»Papa? Wer ist da im Hintergrund?«
Rudi schweigt.
»Und wie kommst du überhaupt an ein Telefon?«
Rudi brummt etwas Unverständliches.
»Da ist doch jemand bei dir. Gib mir den mal.«
»Wen?«, fragt Rudi.
»Herrgott noch mal, jemand, mit dem ich sprechen kann. Sprechen, hörst du? TELEFONIEREN!«, diesmal im Befehlston.
Unsicher zuckt Rudi die Achseln und schaut zu Erika. »Soll ich mal?«, fragt sie. Als Rudi nickt, greift sie nach dem Telefon. »Guten Tag, Römer mein Name, mit wem spreche ich bitte?«
»Na endlich. Neubauer, Philipp Neubauer, ich bin der Sohn.«
»Ah, Herr Neubauer, das ist aber schön, dass wir Sie endlich persönlich erreichen. Es geht um Ihren Vater.«
»Ja, um Himmels willen, was ist denn bei Ihnen los? Warum ruft mein Vater hier an?«
»Ihrem Vater geht es gut, es ist alles in Ordnung...«
»Und was wollen Sie?«
»Ich möchte nur Bescheid geben, dass Ihr Vater morgen pünktlich um neun Uhr losfährt. Während des Transports

wird er von einer medizinischen Fachkraft betreut, da brauchen Sie sich keine Sorgen machen. Der Fahrer akzeptiert Bargeld, EC- sowie alle gängigen Kreditkarten. Es ist nur …«

»Was? Wo fährt mein Vater hin?«

»Zu Ihnen, Herr Neubauer. Der Corona-Weihnachtsbesuch Ihres Vaters …«

»Also wir können dieses Jahr meinen Vater nicht besuchen.«

»Das ist auch nicht notwendig, da Ihr Vater die Weihnachtsfeiertage ja bei Ihnen verbringen wird.«

»Sind Sie komplett verrückt geworden?! Wenn das ein Scherz sein soll, ist es ein schlechter!«

»Herr Neubauer, ich verbitte mir diesen Ton!« Was glaubt dieser Flegel eigentlich, mit wem er spricht? Durchatmen und sich vor allen Dingen nicht provozieren lassen. Erika holt tief Luft. »Da unsere Einrichtung aufgrund der Corona-Situation und des Pflegenotstands überlastet ist, müssen wir unsere Bewohner zu ihrer eigenen Sicherheit über die Feiertage zu ihren Angehörigen ausquartieren.«

»Davon weiß ich nichts!«

»Aber wir haben Sie doch ausführlich informiert! Dazu haben Sie verschiedene E-Mails bekommen …«

»Wann soll das gewesen sein?«

Darauf ist Erika vorbereitet. »Ende Oktober, genauer gesagt am 23., haben wir Sie zum ersten Mal angeschrieben.«

»Hm. Mag sein, dass mir da was durchgerutscht ist, aber mein Vater muss bei Ihnen im Heim bleiben. Es gibt doch sicher eine Notbetreuung?«

»Dafür hätten Sie Ihren Vater anmelden müssen. Die Frist ist leider bereits abgelaufen.«

»Und was heißt das?«

»Das heißt, dass Ihr Vater morgen zu Ihnen kommen wird.« Meine Güte, ist der begriffsstutzig.

»Unmöglich. Morgen nicht und auch sonst nicht. Schauen Sie, Sie erwischen mich hier gerade in einem sehr ungünstigen Moment …«

»Herr Neubauer, ganz ehrlich – durch Corona und den Pflegenotstand haben wir hier seit Monaten sehr ungünstige Momente.« Erika betont das Ende des Satzes schärfer als beabsichtigt. Wieder so einer, der sich vor seiner Verantwortung drücken will.

»Frau Römer …«

»Herr Neubauer, lassen Sie mich bitte ausreden. Es ist meine Aufgabe, dafür zu sorgen, dass Ihr Vater morgen wohlbehalten bei Ihnen ankommt. Darum möchte ich jetzt gerne die noch offenen Punkte mit Ihnen durchgehen. Sie sind schließlich nicht der einzige Angehörige, mit dem ich heute noch telefonieren muss.«

»Ähm, über welchen Zeitraum sprechen wir eigentlich?«

»21. Dezember bis einschließlich 4. Januar. Ab dem 5. Januar können wir Ihren Vater wieder bei uns aufnehmen.«

»Zwei Wochen – so lang? Das ist jetzt aber alles sehr kurzfristig … Können Sie ihn nicht noch ein, zwei Tage im Heim behalten? Die Tochter unserer Nachbarn macht Babysitten, vielleicht kann ich da was arrangieren …«

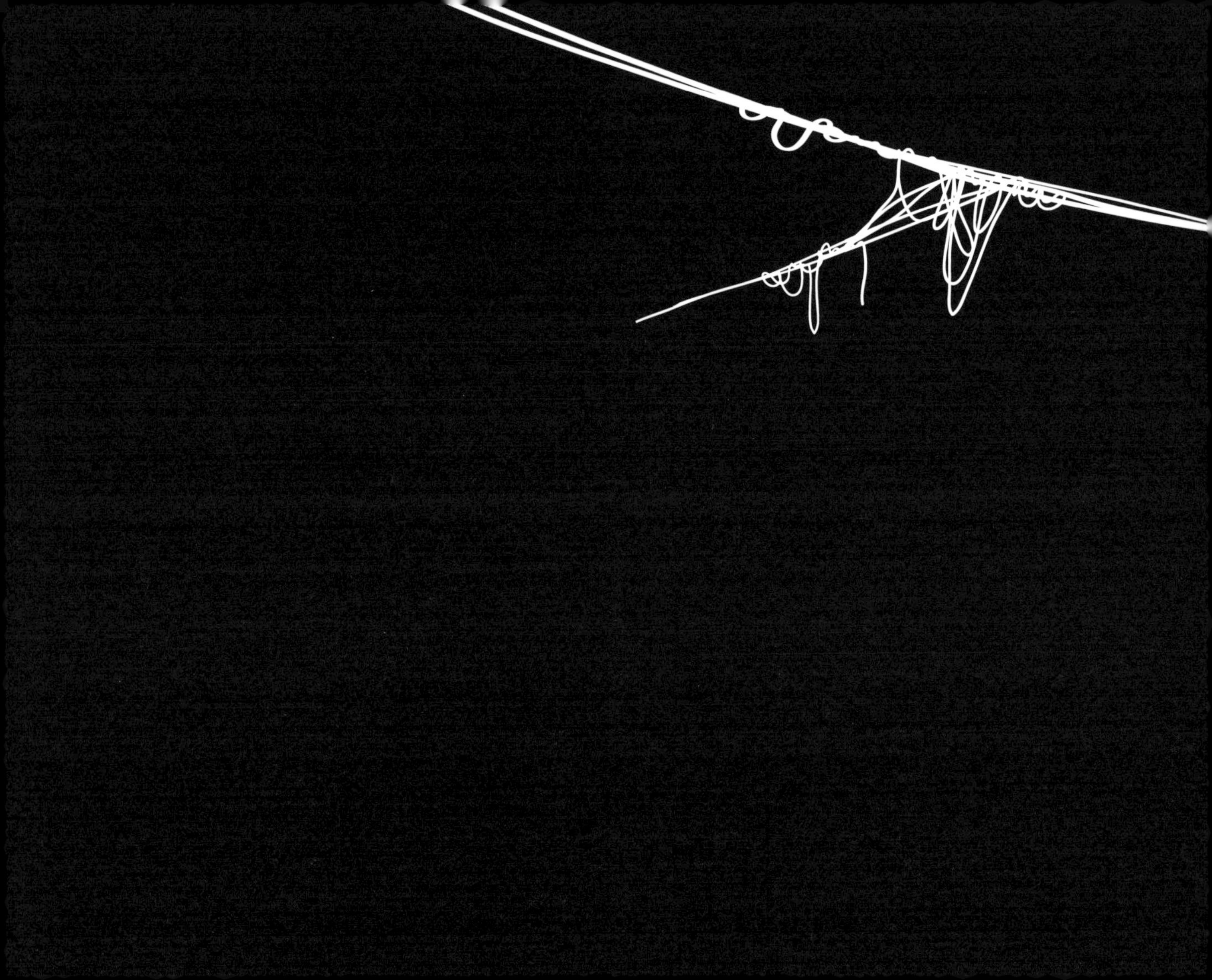

»Herr Neubauer, Ihr Vater braucht keinen Babysitter!« Allein die Vorstellung, dass Philipp Neubauer seinen pflegebedürftigen Vater der Verantwortung eines naiven Teenagers überlassen will, lässt Erika schaudern. Der arme Mann kann einem leidtun.

»Also die Nele ist ein ganz patentes Mädchen!«

»Herr Neubauer, ich bin examinierte Fachkraft für Altenpflege und verbringe viel Zeit mit Ihrem Vater. Daher kann ich Ihnen sagen, dass er professionelle Pflege und liebevolle Ansprache braucht, insbesondere nach einem Umgebungswechsel. Mit Veränderungen kann er nicht gut umgehen.«

»Und wie stellen Sie sich das dann vor?«

»Das ist nicht meine, sondern Ihre Aufgabe, Herr Neubauer!« Schon allein daran, wie die Gegenseite Luft holt, merkt Erika, dass Philipp Neubauer gerade der Geduldsfaden gerissen ist.

»SIE!«, schreit es aus dem Telefon, »SIE sagen MIR nicht, was MEINE Aufgabe ist! ICH werde mich über SIE beschweren! ICH bezahle hier Monat für Monat Unsummen und da glauben SIE allen Ernstes, SIE können MIR so kommen? ICH will die Heimleitung sprechen, SOFORT!«

»Aber gerne, Herr Neubauer! Wenn ich mich recht entsinne ...«, Erika blättert in ihren Papieren, »ah, da habe ich es! Wie ich den Unterlagen entnehmen kann, steht da eh noch eine Antwort Ihrerseits zu den rückwirkenden Anpassungen der Pflegekosten aus.«

Schweigen auf der anderen Seite.

»Herr Neubauer, sind Sie noch da? Aufgrund der gestiegenen Kosten mussten in diesem Jahr

die Aufwände neu berechnet werden. Damit wir die noch ausstehenden Summen bei Ihnen abbuchen können, benötigen wir bis zum 31.12. Ihre Zustimmung.«
»Was? Ich zahle eh schon den Höchstsatz für meinen Vater.«
»Herr Neubauer«, Erika hat das Gefühl, zu einem bockigen Kleinkind zu sprechen. »wissen Sie eigentlich, was diese ganzen coronabedingten Hygienemaßnahmen kosten?«
»Unverschämtheit! Wenn Sie jetzt auch noch glauben, mich belehren zu können, da sind Sie an den Falschen geraten. Erst frech werden und dann noch mehr Geld verlangen!«
»Es geht hier nicht um mich, aber wenn Sie schon so direkt fragen: Ja, ich hätte gerne etwas mehr Geld. Wissen Sie eigentlich, was wir Pflegekräfte verdienen? Und wie viele unbezahlte Überstunden ich allein letzten Monat gemacht habe? Ich bin heilfroh, wenn morgen unsere Bewohner abgereist sind, denn dann habe ich zumindest mal zwei Wochen Urlaub.«
»Ach, und dafür soll ich jetzt also auch noch bezahlen?«
Bevor sie antwortet, zählt Erika innerlich langsam bis drei. Das hat sie irgendwann mal in einem Seminar für Aggressionsbewältigung gelernt. »Da kann ich Sie beruhigen. Nicht ich persönlich bekomme mehr Geld, sondern unsere Einrichtung. Und selbstverständlich wird Ihre monatliche Zahlung für die Zeit gestundet, in der Ihr Vater bei Ihnen wohnt. Aber ich würde Sie jetzt gerne zur Heimverwaltung durchstellen, Herr Neubauer, da können Sie alles Weitere besprechen und Ihre Beschwerde gleich mit platzieren.« Der gekränkte Unterton in Erikas Stimme ist nicht zu überhören.
»Ähm, Frau Römer, Moment mal ...«, kommt es gedehnt.
»Kann ich noch etwas für Sie tun?«
»Jetzt warten Sie doch kurz ... Es lässt sich doch über alles reden!«
Ach, auf einmal! Woher der plötzliche Sinneswandel?
»Ich hatte bis eben wirklich keine Ahnung, dass mein Vater hierherkommen soll. Ich war einfach überrumpelt, da habe ich vielleicht etwas überreagiert. Schauen Sie, ich wollte Sie auf gar keinen Fall persönlich angreifen.«
Hast du aber, denkt Erika.
»Also ich habe gerade nachgedacht. Und mir ist da so eine Idee gekommen. Eine Win-win-Situation sozusagen!«
»Eine was?« Win-win – das hört sich nach Fernem Osten an. Zaubert dieser Kerl jetzt nach der Nachbarstochter eine Asiatin aus dem Hut, der er die Pflege seines Vaters aufs Auge drücken will? Erika fällt ein, dass in der Nachbarschaft eine Frau aus Thailand wohnt ist, die ähnlich heißt. Wie war noch der Name?
»Eine Win-win-Situation ist etwas, wovon wir beide profitieren«, unterbricht Philipp Neubauer ihre Gedanken. »Also, Sie kennen doch meinen Vater gut und betreuen ihn seit Längerem.«
»Das sagte ich bereits. Er ist ein ganz reizender älterer Herr.«
»Und Sie haben jetzt zwei Wochen Urlaub?«
»Richtig.«
»Hätten Sie vielleicht Interesse, sich ein kleines Zubrot zu verdienen?«
»Ein Zubrot?«, wiederholt Erika misstrauisch. Zubrot sagt heute kein Mensch mehr. Es hört sich trocken und knauserig an.

»Frau Römer, folgende Idee: Wenn Sie sich mit den Bedürfnissen meines Vaters auskennen, warum nehmen Sie ihn nicht über Weihnachten mit nach Hause?«
»Zu mir nach Hause?« Erika schnappt empört nach Luft. »Ich soll Ihren Vater mitnehmen? Ich muss doch sehr bitten!«
»Aber Sie haben doch selbst gesagt, dass er seinen gewohnten Rhythmus braucht. Und dass Veränderungen gar nicht gut sind in seinem Zustand.«
»Ja, das stimmt, aber …«
»Und Sie als examinierte Altenpflegerin sind doch da viel besser geeignet.«
»Das ist richtig, aber das ist gegen die Vorschriften. Wo kämen wir denn da hin, wenn ich unsere Bewohner mit zu mir nach Hause nehmen würde?«
»Ich bin da durchaus bereit, mich großzügig zu zeigen. Was sagen Sie zu … 1000 Euro?!«
Erika lacht auf. Was glaubt der Kerl eigentlich, mit wem er es zu tun hat? Sie ist zwar mindestens doppelt so alt wie er, aber nicht auf den Kopf gefallen. »Herr Neubauer, ich bitte Sie! Das ist weniger als die Hälfte von dem, was ein zweiwöchiger Aufenthalt in unserer Einrichtung kostet.«
»Okay, okay – 2000 Euro!«
»Das entspricht gerade mal dem regulären Betreuungssatz. Darin ist noch nicht …«
»3000 Euro?«
»… der Feiertagszuschlag …«
»4000 Euro?«
»… sowie mein persönliches Risiko enthalten. Sie verlangen hier von mir Dinge, die mich meine Stelle kosten könnten, Herr Neubauer!«
»Gut. Sagen wir 5000 Euro! Das ist doch für jemanden wie Sie viel Geld!«
Na also so ein A…, denkt Erika. Laut würde sie das niemals sagen, aber die Gedanken sind frei.
»Frau Römer? Sind Sie noch da?«
»5000 Euro? Also ich weiß nicht …« 5000 Euro hören sich verlockend an, auch wenn diese ganze Aktion höchst illegal ist. Das weiß dieser Herr Neubauer ganz genau. Aber wenn man schon bereit ist, ein Risiko einzugehen, muss es sich auch lohnen, findet Erika. Sie holt tief Luft. »Für 5000 Euro mache ich es. Pro Woche.«
Stille auf der anderen Seite. »5000 Euro pro Woche? Sind Sie noch zu retten? Das sind 10.000 Euro!«
»10.000 Euro und keinen Cent weniger«, wiederholt sie bestimmt. »Und das Geld ist innerhalb der nächsten halben Stunde auf meinem Konto.«
»So schnell kann man nicht überweisen. Ich weiß auch gar nicht, ob ich so viel flüssig habe. Da bräuchte ich auf alle Fälle ein bisschen Zeit.«
Nicht mit mir, Freundchen. »Darum schicken Sie das Geld per DISCRETpay – das geht innerhalb von Minuten. Eine reguläre Überweisung wäre frühestens morgen auf meinem Konto, ich müsste den Krankentransport allerdings innerhalb der nächsten Stunde stornieren. Außerdem – wollen Sie wirklich einen Beleg dafür, dass Sie mich mit Geld bestechen, um sich von Ihrer Verantwortung als Sohn freizukaufen?«
Es dauert volle zehn Sekunden, bis aus dem Lautsprecher ein gequältes »Okay« zu hören ist. »Ist ja gut. Wie ist die Kontoverbindung?«

»Haben Sie etwas zu schreiben?«
Während Erika ihre Mailadresse diktiert, loggt sie sich in ihr DISCRETpay-Konto ein. »Sollte das Geld nicht innerhalb der nächsten halben Stunde da sein, gehe ich davon aus, dass Sie mit Ihrem Vater gemeinsam Weihnachten feiern möchten«, zieht sie die Daumenschrauben noch ein Stückchen weiter an. Dieser Herr Neubauer, der soll ruhig wissen, dass mit einer Erika Römer nicht zu spaßen ist.
»Ist ja gut.« Philipp Neubauer ist auf einmal sehr beflissen. »Frau Römer, zu Ihrer Beruhigung – ich sitze schon an meinem PC und kümmere mich direkt.«
»Das will ich hoffen! Möchten Sie noch mal mit Ihrem Vater sprechen?«
»Nein, nein, bloß nicht. Ich muss mich beeilen! Aber grüßen Sie ihn von mir.«
»Auf Wiederhören.«
Es klickt in der Leitung, er hat aufgelegt. Erika schüttelt den Kopf.
Wie manche Menschen mit ihren Angehörigen umgehen, macht sie fassungslos. Sie greift nach Rudis Hand. Gott sei Dank sind sie nicht auf diesen Kerl, sondern nur auf sein Geld angewiesen. Ob der zuverlässig bezahlt? Aber da hat sie keine Zweifel. Solche Menschen glauben, sich mit Geld alles kaufen zu können. Auch ein Weihnachtsfest, bei dem der alt und lästig gewordene Vater nicht stören darf. Ein leises »Pling« ertönt. Tatsächlich – Geldeingang!
»Der hat gerade eben bezahlt«, strahlt sie Rudi an.
»Die komplette Summe?«
»Ja, 10.000 Euro, wie vereinbart. Ich leite das Geld gleich weiter und lösche den Account.«
Während Erika tippt, betrachtet Rudi sie stolz. Von wegen – zum alten Eisen gehören. Der Senioren-Computerkurs an der VHS hat sich wirklich gelohnt. Ja, man muss geduldig sein und mehrere Versuche starten, aber wenn man erst mal den richtigen Fisch an der Angel hat, dann fließen die Moneten. Wer hätte gedacht, dass der Enkeltrick so hervorragend auch andersherum funktioniert?
»Liebling, wen haben wir als Nächstes auf der Liste?«, fragt er. Erika zeigt auf eine Nummer in der Excel-Tabelle. »Versuch mal die hier.«
Rudi wählt, es tutet.
»Bertram?«
Diesmal ist es eine Frau, die sich meldet. Klingt wie jemand genau im richtigen Alter – nicht zu jung, nicht zu alt. Erika und Rudi wechseln einen Blick – das könnte passen.
»Hallo?«, krächzt Rudi ins Telefon.

Ende

Hier aufschlitzen

23. Dezember

SABINE TRINKAUS

Bescherung bei Mutti

»Das wird ein Fest, Süße«, sagt Jörg, während er auf die geschlossenen Schranken starrt. »Die schönste Bescherung, die du je erlebt hast, das garantiere ich dir.« Er lacht, trommelt mit den Fingern nervös aufs Lenkrad.

Ich sitze auf dem Beifahrersitz und sage nichts. Ich weiß, wann ich besser die Schnauze halte. Mir ist saukalt. Und außerdem schlecht.

»Ey, warum jaulst du denn jetzt?« Er wirft mir einen Blick zu. Nicht mitfühlend, eher genervt. Er hasst es, wenn ich heule. Aber jetzt gerade kann ich nicht anders, mir ist das alles ein bisschen zu viel. Ich liebe diesen Mann. Wirklich. Und er ist, wie er ist. Nicht die hellste Kerze auf der Torte. Kann er nichts dafür. Dafür, dass ich gerade so verzweifelt bin – und ja, auch sauer –, kann ich allerdings auch nichts.

Ich hatte mir Weihnachten anders vorgestellt. Unser erstes gemeinsames Weihnachten, immerhin. Dabei habe ich wirklich keine hohen Ansprüche. Nicht an ihn, nicht an unsere Beziehung, und schon gar nicht an Weihnachten. Ich brauche weder Baum noch Festmenü noch Geschenke. Nicht dieses Brimborium, auf das manche Weiber so abfahren. Julia zum Beispiel, oder Mutti. Mir hätte die Gulaschsuppe aus der Dose völlig gereicht. Die Gute vom Reske war das, echt lecker. Das Einzige, was ich mir gewünscht habe, war, dass wir es uns mal gemütlich machen und nett, zu zweit. Stattdessen hocken wir jetzt hier im kalten Auto und sind auf dem Weg zu Mutti in die Villa. Wenn es einen Ort auf dieser Welt gibt, an dem ich heute nicht sein möchte, dann ist es die Villa. Und wenn es einen Menschen gibt, auf den ich gut verzichten kann, dann ist es Mutti, zumal Mutti nicht allein sein wird, weil: Weihnachten. Darum wird er da sein, Sven, und wenn ich irgendwen noch weniger sehen will als Mutti, dann mit Sicherheit Sven.

Die Bahn rumpelt endlich vorbei, die Schranken öffnen sich. Jörg startet den Motor und wirft mir einen prüfenden Blick zu. Ich tue, als würde ich das nicht bemerken, wende mich ab und schaue aus dem Fenster. Es hat wieder angefangen zu schneien. Dicke, weiche Flocken rieseln auf die Felder. Es könnte so schön sein, denke ich. Wenn Jörg einfach ein bisschen sensibler wäre, ab und zu mal genauer hinschauen würde und sehen, was vor seiner Nase ist. Ich seufze leise. Mein Magen rumort.

Jörg gibt Gas. Das Auto schlingert an der Steigung, er fährt wie ein Henker, obwohl es glatt ist.

Scheiß Suppe! Ich war noch nicht mal fertig, als er aufgesprungen ist, eben. »Jetzt fahren wir zu Mutti und gucken mal nach der Heizung«, hat er gesagt. Und ich habe mich beeilt mit dem Rest von der Suppe. Aus Hunger, aber irgendwie auch vor Schreck, so eine Art Übersprunghandlung.

Ich weiß, dass Jörg seinen Job sehr ernst nimmt. Er ist Heizungsmonteur mit Leib und Seele. Gründlich, zuverlässig, kompetent, der Beste. Aber man kann es auch übertreiben. Es ist Weihnachten! Und ich weiß nicht, wie oft wir bei Mutti waren in den letzten Wochen. Er hat einen irrsinnigen Aufwand betrieben mit dieser Heizung. Stundenlang hat er im kalten Keller gehockt. Hat geschraubt, gebastelt, gelötet, gemacht, er hat sogar eine Art Fernbedienung gebaut. Er hat sich wirklich ein Bein ausgerissen für Muttis alte

Heizung. Obwohl er selbst gesagt hat, dass das nicht mehr lohnt. Das Ding ist uralt, das hat es hinter sich. Hat er gesagt, auch zu Mutti. Ich bin Monteur, kein Zauberer, hat er gesagt, da müssen Sie wirklich investieren. Ist auch ein Risiko, hat er gesagt, so ein altes Gasding da im Keller, das entspricht keiner Sicherheitsnorm mehr. Ich hoffe, das hält noch über Weihnachten, hat er beim letzten Mal gesagt. Das hoffe ich auch, hat Mutti erwidert, in so einem Ton, dass klar war, dass es ansonsten ganz allein Jörgs Schuld wäre. Das ist typisch für Mutti. Hohe Ansprüche. Und auch darum ist diese Aktion jetzt so idiotisch. Wenn da was wäre an der Heizung, dann hätte Mutti längst angerufen. Da kennt die nichts. Die hockt Heiligabend nicht im Kalten, weil sie sich überlegt, dass der Jörg vielleicht mal seine Ruhe will, schön feiern, ungestört, mit mir. Und um Sachen wie Feiertagszuschlag macht die sich auch keinen Kopf, muss sie ja auch nicht, weil Jörg ihr nie eine Rechnung schreibt. Weil sie ja schließlich Mutti ist. Nicht seine, wohlgemerkt, auch nicht meine. Sondern die von Sven.

Das bringt mich sofort wieder zum Kern des Problems. Meines Problems, aber eben auch Jörgs. Er ist zu gut für diese Welt. Und kapiert manchmal wirklich gar nichts, vor allem, was Menschen angeht. Er kennt Mutti lange genug, wirklich. Sven und er waren schon in der Schule die besten Kumpel.

Sie haben zusammen beim VfL Fußball gespielt, jede freie Minute zusammen abgehangen, er weiß, dass Mutti ein fieses Schrapnell ist. Trotzdem macht er ihr die Heizung für umme, bis heute. Blendet aus, dass Mutti sich ihm gegenüber nie sonderlich mütterlich oder dankbar betragen hat. Ganz im Gegenteil. Mutti ist nämlich eine bornierte Kuh mit einem gewaltigen Dünkel. Das sage ich nicht einfach so, ich weiß, wovon ich rede. Immerhin habe ich jahrelang mit Sven zusammengelebt. Ich weiß, wie die sein kann, wenn sie glaubt, dass jemand nicht gut genug ist für ihren Sven. Die hat mich immer wie Dreck behandelt. Und Jörg auch. Solche wie wir sind unter Muttis Niveau. Das merkt man deutlich, das merkt wirklich jeder. Außer Jörg. Der sich im Ernst einzubilden scheint, dass er da jetzt einfach klingeln kann, Heiligabend. Dass Mutti sich womöglich freut, ihn reinbittet, mit mir im Schlepptau. Was zu trinken anbietet, und dann sitzen wir alle fein im Wohnzimmer, von wo aus man den Kölner Dom sehen kann, ist sie total stolz drauf. Und wir stoßen an, Mutti und Sven und Jörg und ich, friedlich, harmonisch und weihnachtlich. Eine völlig bizarre Vorstellung! Das hier kann nur in einer Katastrophe enden.

»Die werden Augen machen«, murmelt Jörg jetzt. »Oh, das wird eine schöne Bescherung!« Er lacht, es klingt ein bisschen irre. Dann knallt er den Gang rein, dass es knirscht, gibt Gas, obwohl wir gerade in diese fiese, enge Kurve fahren. Der Wagen schlingert. Ich bin nicht angeschnallt, rutsche gegen die Beifahrertür. Mein Magen hebt sich bedenklich, ich muss würgen. Mir ist wirklich überhaupt nicht gut.

»Ey!«, sagt Jörg. »Wag dich, Süße!« Er wirft mir einen warnenden Blick zu. Ich würde am liebsten sofort wieder anfangen zu heulen. Natürlich würde ich das nie wagen! Ich kenne ihn schließlich. Er ist eine Seele von Mensch, eigentlich. Aber es gibt so ein paar Sachen, da flippt er echt aus. Wenn er sich verarscht fühlt zum Beispiel. Oder wenn ihm jemand ins Auto kotzt. Da kennt der nichts, da wird der fuchsteufelswild.

»Hättest du mal nicht so geschlungen! Bist eh fett genug.«

Kurz bin ich in Versuchung. Ich bin nicht empfindlich, aber ich habe auch meine Grenzen. Und für die Bemerkung hätte er echt verdient, dass ich es einfach kommen lasse. Aber ich atme durch. Versuche, mich auf das zu konzentrieren, was wichtig ist. Ich liebe ihn.

Wirklich. Und er liebt mich. Darauf kommt es letztlich an. Wir führen eine gute Beziehung. Obwohl, oder eben weil wir im Grunde beide wissen, dass wir nie erste Wahl füreinander waren. Aber man kommt halt in ein Alter, in dem man die Ansprüche ein bisschen anpassen muss, die Dinge pragmatisch sehen. Wir passen gut zusammen. Und dass wir beide ein gebrochenes Herz haben, verbindet uns ja auch auf einer bestimmten Ebene. Darum habe ich auch nie ein großes Gewese darum gemacht. Obwohl ich im Moment echt überlege, ob das nicht ein Fehler war. Vielleicht hätte ich klarermachen müssen, wie sich das bei mir noch immer anfühlt mit Sven. Dass ich natürlich noch an ihn denke, ab und zu, und ihn manchmal vermisse, trotz allem.

Ich hab das halt nie so raushängen lassen, Jörg gegenüber. Schon weil ich weiß, wie sich das anfühlt. Jörg hat da nämlich nicht so viele Skrupel. Sobald der ein Bierchen zu viel hat, muss ich mir das jedes Mal anhören. Julia, ach Julia. Schön ist anders, echt. Zumal es Julia noch viel weniger wert ist als Sven. Jörg kann froh sein, dass er die los ist. Ja, sie war mal eine heiße Nummer, Maikönigin und so, umschwärmt und weltberühmt von Alfter bis Wesseling. Aber eine verlogene Schlampe war sie halt auch immer schon, das konnte man echt riechen. Die hat Jörg von Anfang an nur ausgenutzt und verarscht. Und dann ihr dummes Gewäsch, als sie ihn abgesägt hat. Sie bräuchte mal Abstand und Zeit, sie würde sich halt entwickeln, und darum wäre die Beziehung gerade nichts für sie, hätte nichts mit Jörg zu tun. Dabei konnte ein Blinder mit Krückstock sehen, dass Jörg ihr halt nicht mehr gut genug war. Julia ist nämlich auch so eine, die nach Höherem strebt. Das einzig Gute an der Frau war, dass man sie so leicht aus der Fassung bringen konnte. Diese Hysterie, das hatte echt Unterhaltungswert. Die konnte immer derart ausflippen und kreischen! Herrlich. Ich war auch nicht die Einzige, die das total lustig fand. Ich war nur die Einzige, die sich das getraut hat. Darum hat Julia mich natürlich immer gehasst. Das kann so eine nämlich nicht gut haben, wenn man sich auf ihre Kosten amüsiert.

Beim Gedanken an Julia hebt sich mein Magen wieder. Ich krümme mich ein bisschen, um Schlimmeres zu verhindern, dabei entfährt mir ein Wind.

»Hey, du Sau! Jetzt reicht es aber!« Jörg schaut mich empört an. »Das ist ja widerlich!« Er kurbelt das Fenster runter.

Schlagartig wird mir noch kälter, innen und außen, und noch schlechter außerdem, verdammt. Ich muss hier raus, ich muss aus diesem Wagen, denn diese Suppe muss raus aus mir. Lange geht das nicht mehr gut. Und darum bin ich jetzt fast froh, dass er blinkt, dass wir abbiegen, die letzten steilen Meter hochfahren. Gleich wird es mir besser gehen. Und dann kann ich mich mit dem Rest befassen. Ich schaffe das schon. Scheiß auf Sven, das kriege ich schon hin!

Jörg stellt sich hinten auf die Einfahrt, parkt den tiefer gelegten Golf zu. Scheiße, er fährt den noch immer. Den guten alten Golf mit dem VfL-Aufkleber. Irgendwie erwischt mich das kalt. Mir ist, als würde ich das Kratzen der grauen Polster an meinem nackten Rücken spüren, Svens Lachen hören und den komischen Duftbaum riechen, den ich aussuchen durfte, damals. Erinnerungen, die auf mich einstürzen, sodass für einen Moment alles verschwimmt, Jörg, Weihnachten, meine Wut, sogar die Übelkeit.

Es wäre schön, denke ich, es wäre irgendwie auch schön, ihn zu sehen. Sven. Ihn zu umarmen, zu fühlen, zu riechen, so wie früher.

»Was ist denn jetzt? Ich dachte, du hast es eilig!« Jörgs Stimme holt mich in die Realität zurück. Ich reiße mich zusammen. Es wird nicht passieren, erinnere ich mich, Mutti wird uns nicht mal reinlassen. Und das ist auch gut so. Ich will ihn nämlich nicht sehen, nicht umarmen, fühlen oder gar riechen. Ich will mit Sven nichts mehr zu tun haben. Ich habe ihn geliebt. Und er hat mein Herz gebrochen. Er hat mich behandelt wie Dreck an diesem Abend bei Spargel-Weber, dem schlimmsten Abend meines Lebens. Dem letzten mit Sven. Der dann irgendwie der erste mit Jörg wurde.

Jetzt, wo Julia weg ist, hat Sven da nämlich zu Jörg gesagt, da bist du doch bestimmt sehr einsam. Da kannst du dich doch ein bisschen um sie kümmern. Würde dich aufmuntern, garantiert. Sie ist toll, echt, mit der kannst du jede Menge Spaß haben. Die macht alles, was du willst, hat er gesagt. Und dann: Ich schenk sie dir. Als wäre ich gar nicht da! Ich war sprachlos.

Und Jörg im ersten Moment auch, das hat man deutlich gemerkt. Digger, hat er gesagt, das kannst du doch nicht bringen. Die hängt doch total an dir, die liebt dich doch, die hat doch auch Gefühle, hat er gesagt.

Sven hat gelacht. Ach komm, hat er gesagt, Gefühle! Ey, ich hab einfach die Zeit nicht mehr, mit dem Job jetzt, und die neue Wohnung in Köln, kann ich nicht ändern, das wird mir echt zu viel. Aber mach dir keine Sorgen, hat er dann gesagt, die ist robust. Die flennt ein bisschen, aber dann kriegt die sich wieder ein, die ist anpassungsfähig. Und sie mag dich, die mag dich echt, hat er gesagt.

Jörg hat den Kopf geschüttelt. Digger, find ich scheiße, echt, hat er gesagt, die ganze Zeit auf *big love* machen und dann auf einmal Tschüss und Ade, das war's? Das ist echt 'ne harte Nummer, hat Jörg gesagt, ich hätte nicht gedacht, dass du so krass drauf bist.

Jetzt hör mal auf zu flennen, Alter, hat Sven gesagt. Die kommt drüber weg. Nimmst du sie jetzt oder nicht?

Und das hat Jörg gemacht. Dafür bin ich ihm dankbar, bis heute, dafür liebe ich ihn. Nicht nur dafür, sondern auch, weil er es wirklich wert ist, geliebt zu werden, im Unterschied zu Sven, dem Arsch. Der ist nämlich im Grunde genau wie Mutti.

Als er noch studiert hat, bummelig, da war alles bestens. Da fand er mich toll, genau wie Jörg. Da brauchte er uns, zum Abhängen, zum Biertrinken, zum Feierngehen. Aber als er dann endlich seinen Abschluss gemacht hat, als dann der tolle Job mit Anzug und Krawatte kam, Kohle und Karriere, da haben Jörg und ich halt nicht mehr gepasst. Er hat uns beide verarscht und benutzt. Der einzige Unterschied ist, dass ich das kapiere und Jörg eben nicht. Ich muss wieder würgen, springe aus dem Auto. Während Jörg an der Haustür klingelt, schaue ich mich verzweifelt um.

Mutti macht auf. »Ja, bitte?«

Ich weiß nicht, ob es ihr Ton ist oder dieser stechende Mutti-Geruch, aber jetzt gibt es kein Halten mehr. Ich wähle den Blumentopf neben der Tür, die Christrose, die Mutti so mag. Und tue, was ich tun muss.

»Um Himmels willen ...«, höre ich Mutti kreischen.

»Entschuldigung«, sagt Jörg und: »Hör mal, Süße, das gehört sich aber nicht.« Es klingt eher liebevoll als streng, das ist komisch, mir aber gerade egal. Ich habe zu tun mit dem, was ich tun muss, und das tue ich, lange und ausgiebig, und dann ist es vorbei, und ich fühle mich wesentlich besser. Ich schüttele mich und atme durch.

»Das ist ja wohl das Allerletzte«, keift Mutti. »Dieser widerliche Köter, das glaube ich ja jetzt nicht!«

»Sorry«, sagt Jörg. »Sie hat das Essen wohl nicht vertragen.« Er tätschelt mir den Kopf. »Ich wollte nur mal kurz nach der Heizung schauen«, sagt er dann zu Mutti. Ich halte die Luft an.

Morgen geht es weiter

Hier aufschlitzen

24. Dezember

Mutti starrt ihn fassungslos an. »Es ist Heiligabend!«
»Ja, eben.«
Gott, Jörg! So stumpf, denke ich, während all diese Gerüche aus dem Haus an meine Nase dringen. Er kapiert nichts! Und das ist auch gut so, begreife ich jetzt. Denn da ist ein Duft, der mich nicht wirklich überrascht, den ich aber für mich behalten muss, unbedingt. Ich kenne Jörg. Seele von Mensch, aber wenn er sich verarscht fühlt, dann wird es ungemütlich. Darum ist es manchmal ganz gut, dass er halt nicht die hellste Kerze ist, dass er bestimmte Sachen nicht riechen kann, obwohl sie vor seiner Nase sind.
»Das ist ja sehr aufmerksam von Ihnen«, flötet Mutti jetzt in falschem, ungeduldigem Ton. »Aber die Heizung läuft einwandfrei, vielen Dank.« Sie macht Anstalten, Jörg die Tür vor der Nase zuzuklappen.
»Sicher?« Jörg stupst mich mit dem Fuß an.
»Ja, natürlich, ganz sicher!« Sie legt zum Beweis eine Hand auf den Heizkörper im Flur. Und scheint zu merken, dass sie Jörg so nicht loswird. »Ich würde Sie ja gerne reinbitten«, lügt sie jetzt nämlich. »Aber wir haben Besuch. Und mit dem Hund, also, das geht natürlich gar nicht. Wir essen gleich, wir sind quasi schon bei der Vorspeise.«
Jörg stupst schon wieder. Herrgott, dieser Mann kann einem das Leben wirklich schwer machen. Es kostet mich doch ohnehin alle Kraft, mich zusammenzunehmen. Nicht aufzuspringen. Reinzurennen in diesen Flur, zu diesem Wohnzimmer, aus dem es so verheißungsvoll duftet, dass sogar der Pesthauch von Mutti in den Hintergrund gedrängt wird. Lockender Hauch, verdammt, Sven hat immer so gut gerochen, besser als alles andere auf der Welt. Ich hatte vergessen, wie gut dieser Mann riecht! Aber ich darf nicht, nein, ich werde der Versuchung widerstehen, der von Sven und auch den anderen Düften, von denen Jörg nun wirklich nichts wissen sollte, ausgerechnet Weihnachten.
Aber jetzt geht er auch noch in die Hocke. Kommt mit seinem Mund dicht an mein Ohr. »Na los, Süße«, sagt er liebevoll. »Nun lauf schon!«
Auf keinen Fall, denke ich noch, aber da bin ich versehentlich schon losgerannt. Vorbei an Muttis Beinen in den Flur.
»Nein!«, kreischt Mutti. »Verdammt, wir haben doch Besuch, halten Sie den Köter zurück!«
Aber das tut Jörg nicht. Er könnte auch nicht, denn ich bin jetzt in Fahrt, renne auf die geschlossene Wohnzimmertür zu, kein Problem für mich, ich bin ziemlich kräftig, ein Satz dagegen, und sie springt auf.
Und da steht er. Sven. Er steht da, stocksteif, er wirkt nervös, aber mir ist das egal. Ich begrüße ihn, ich belle, ich jaule, ich bin außer mir vor Freude. Und ganz kurz tut er das Richtige, er umarmt mich, krault mich, da an dieser Stelle, an der ich es so gern habe, kurz bin ich glücklich, aber dann bringt mich das Kreischen zur Besinnung.
Ich lasse Sven, wende mich ihr zu. Es ist zu spät, ich kann mich jetzt wirklich nicht mehr bremsen. Aber so wie sie kreischt, hat Jörg es mit Sicherheit sowieso schon kapiert. Ist also jetzt egal, und darum gönne ich mir den Spaß, genau wie früher. Die verlogene Schlampe quietscht panisch, als wäre ich ein blutrünstiges Monster. Und – ach, es macht Spaß, noch mehr Spaß als früher.
»Aus«, schreit sie. »Weg von mir. Hilfe! Hilfe!«
Und ich springe, ich belle, ich knurre, ich schnappe sogar ein bisschen, nur zum Spaß natürlich. Sie weicht zurück, bis zum Weihnachtsbaum, ich treibe sie tief in die pieksenden Zweige.
»Hilfe«, kreischt sie noch mal, dann fällt sie um, mit dem Baum,

es klirrt und scheppert, und für einen Moment ist es mir wirklich ein Fest!

Aber dann bringt mich Jörgs Pfeifen von der Tür zur Besinnung. Er ruft meinen Namen. Und obwohl er ganz ruhig klingt, wird mir schlagartig klar, was ich angerichtet habe mit meiner Unbeherrschtheit.

Jetzt weiß er Bescheid. Jetzt muss sogar Jörg sehen, was die ganze Zeit vor seiner Nase war. Nicht nur Julia, nicht nur Sven, nein, auch die beiden im Doppelpack, sie haben ihn verarscht, wie selten zuvor ein Mensch verarscht wurde. Und dass er das jetzt kapiert, ausgerechnet jetzt, ist allein meine Schuld. Jetzt wird er gleich ausrasten, verdammt, das ist nicht gut. Klar, es war seine blöde Idee, hierherzukommen. Aber hätte ich mich beherrscht, dann wäre es glimpflich abgelaufen. Er wäre ein bisschen beleidigt gewesen, dass Mutti ihn so behandelt. Aber wir wären einfach nach Haus gefahren, er hätte vermutlich Bier getrunken, vielleicht viel Bier, er hätte womöglich ein bisschen über Julia geredet, aber wir hätten es trotzdem irgendwie schön gehabt, zu zweit.

Ich japse. Lasse ab von dem blöden Weib, drehe mich um und renne zur Tür. Er steht einfach da, ganz ruhig, das ist komisch. Er hat sie gehört, mit Sicherheit, jeder im Umkreis von zehn Kilometern hat Julias hysterisches Gekreische gehört. Und darum wird er ausrasten, jetzt, darum ist es unmöglich, dass er einfach dasteht und grinst. Nicht unbedingt fröhlich, aber doch zufrieden. Darum ist es total merkwürdig, dass er mir jetzt den Kopf tätschelt, mich kurz krault und »Gut gemacht, Süße« sagt.

Ich verstehe die Welt nicht mehr. Aber ist egal, ich will weg, nur weg von hier. Und ich bin dankbar, dass Jörg tatsächlich ausnahmsweise meiner Meinung ist.

»Komm«, sagt er nämlich zu mir, ganz ruhig, als wäre nichts, obwohl in diesem Moment Sven in den Flur tritt. Und »hey, Alter, das ... das ist ja mal eine Überraschung, du hier« sagt und nervös lacht. »Du, ich ... also, das ist jetzt nicht so, wie es vielleicht aussieht, ich kann dir das erklären ...«, stammelt er.

Ich halte die Luft an. Jetzt, denke ich. Jetzt hat Svens letztes Stündchen geschlagen. Aber Jörg sagt nur: »Klar, kannst du bestimmt. Musst du aber nicht.«

Dann dreht er sich um und geht. Ich knurre Sven ein letztes Mal an, böse diesmal, denn in diesem Moment weiß ich mit absoluter Sicherheit, wo ich hingehöre. Dann renne ich hinter Jörg her.

Dann sitzen wir im Auto, er legt den Rückwärtsgang ein, wendet. Er ist total ruhig, unheimlich ruhig. Bevor wir die Sackgasse verlassen, hält er noch mal an. Er schaut zur Villa. »Danke, Süße«, sagt er. »Das hast du fein gemacht! Nicht, dass ich es nicht geahnt hätte, aber ich wollte es schon lieber ganz genau wissen.«

Er greift nach hinten auf den Rücksitz, holt die komische Fernbedienung, und ich frage mich noch, ober er Mutti und Sven und Julia jetzt die Heizung abdreht, verdient hätten sie es ja. »Ein Fest, Süße«, sagt er. »Wie ich es dir versprochen habe. Jetzt ist Zeit für die Bescherung!« Dann drückt er auf den Knopf.

Ich habe ihn unterschätzt. Wirklich, ich habe ihm unrecht getan. Mag sein, dass er nicht der Hellste ist. Aber auch nicht so blöd, wie ich dachte, denke ich, als die Autoscheiben unter der Wucht der Explosion erzittern.

»Ich hasse es, verarscht zu werden«, murmelt er, während wir langsam den Berg hinunterfahren. »Süße, ich sage dir, da raste ich echt aus.«

Ich weiß, denke ich. Seufze leise und zufrieden. Ich liebe diesen Mann.

Ende

Quellenverzeichnis

Bagnol, Jean: Rent a Weihnachtsmann. © beim Autor, zuletzt erschienen in: Greta Franke (Hrsg.): Makronen, Misteln, Meuchelmord. 24 Weihnachtskrimis von der Ostsee bis zu den Alpen, Knaur Taschenbuch, München 2018

Dorn, Wulf: Unübersehbar. Aus: Jan Costin Wagner (Hrsg.): Stille Nacht, nie mehr erwacht. Krimis für die kalte Jahreszeit, © Rowohlt Verlag GmbH, Hamburg 2020

Eisfeldt, Carla: Corona-Weihnachtsbesuch. © bei der Autorin, zuletzt erschienen in: MBV GmbH (Hrsg.): Gefährliche Weihnachten – Zwölf hinterhältige Kurzgeschichten, Frankfurt/Main 2021

Eisfeldt, Carla: Gans Anders. © bei der Autorin, zuletzt erschienen in: MBV GmbH (Hrsg.): Gefährliche Weihnachten – Zwölf hinterhältige Kurzgeschichten, Frankfurt/Main 2021

Eisfeldt, Carla: Stille Nacht. © bei der Autorin, zuletzt erschienen in: MBV GmbH (Hrsg.): Gefährliche Weihnachten – Zwölf hinterhältige Kurzgeschichten, Frankfurt/Main 2021

Kämmerer, Harry: Last Christmas. © beim Autor

Kehrer, Jürgen: Zu kalt gebadet. Aus: Jan Costin Wagner (Hrsg.): Stille Nacht, nie mehr erwacht. Krimis für die kalte Jahreszeit, © Rowohlt Verlag GmbH, Hamburg 2020

Kruse, Tatjana: In einem kühlen Grunde. © bei der Autorin, zuletzt erschienen in: In einem kühlen Grunde. Ein Weihnachtskrimi aus Schwäbisch Hall, Knaur eBook, München 2013

Lénard, Nané: Der Leuchtturm. Aus: Tannenblut, © CW Niemeyer Buchverlage GmbH, Hameln 2018

Lüpkes, Sandra: Und wenn das fünfte Lichtlein brennt. Aus: Jan Costin Wagner (Hrsg.): Stille Nacht, nie mehr erwacht. Krimis für die kalte Jahreszeit, © Rowohlt Verlag GmbH, Hamburg 2020

Mischke, Susanne: Die Tiere der anderen. Aus: Jan Costin Wagner (Hrsg.): Stille Nacht, nie mehr erwacht. Krimis für die kalte Jahreszeit, © Rowohlt Verlag GmbH, Hamburg 2020

Neft, Anselm: Das entwendete Säckchen. Aus: Jan Costin Wagner (Hrsg.): Stille Nacht, nie mehr erwacht. Krimis für die kalte Jahreszeit, © Rowohlt Verlag GmbH, Hamburg 2020

Scheer, Sophia: Alles hat ein Ende, nur die Wurst hat drei. © bei der Autorin, zuletzt erschienen in: Erich Weidinger/Jeff Maxian (Hrsg.): Mords-Bescherung 2. Weihnachtskrimis aus den Alpen, Emons Verlag GmbH, Köln 2014

Thomas, Sabine: Still ruht der See. © bei der Autorin, zuletzt erschienen in: Johannes Engelke (Hrsg.): Glöckchen, Gift und Gänsebraten, Knaur Taschenbuch, München 2012

Trinkaus, Sabine: Bescherung bei Mutti. © bei der Autorin, zuletzt erschienen in: Greta Franke (Hrsg.): Makronen, Misteln, Meuchelmord. 24 Weihnachtskrimis von der Ostsee bis zu den Alpen, Knaur Taschenbuch, München 2018

Besuchen Sie uns im Internet: www.pattloch.de

Gesamtgestaltung und Satz: Christina Krutz, Biebesheim am Rhein
Illustrationen: Cover: Shutterstock.com: CHEMADAN, Yuliia Konakhovska; Innenteil: Shutterstock.com: S. 1 CHEMADAN (mehrfach verwendet), Yuliia Konakhovska (mehrfach verwendet), S. 31 Chinch, S. 166 Jan; stock.adobe.com: S. 3 wektorygrafika, S. 4 Lenan, S. 7 sumkinn, S. 12 Niazi studio, S. 14 lidiia, S. 24, 25 Afanasia, S. 27 hilda, S. 32 Lana, S. 32 Octyabr, S. 35, 163, 171 Funetic, S. 39 tombe2012, S. 40, 112 ledokol.ua, S. 42 Nagi Mashima, S. 44 Veronica, S. 53 Kim Phuong Art, S. 55 M...M (mehrfach verwendet), S. 55 OWLISKO DESIGN, S. 65 Erta, S. 67 esancai, S. 71 GreenSkyStudio, S. 72 Jeri, S. 72, 77 Alexander, S. 84 Mariquita vector, S. 93 Juri, S. 101 VektorzDesign, S. 105 Sarmad, S. 111, 169 iuliia_n, S. 123 Firn, S. 125 Ibad, S. 136 Mariia Rym, S. 138 Artem, S. 142 wektorygrafika, S. 142, 146 vectorpocket, S. 145 archivector, S. 165 Konstantin, S. 176 Oksana
Lektorat: Sonja Lorenz, Pattloch Verlag
Gesamtherstellung: Drukarnia Dimograf Sp. z o.o., Bielsko Biała

ISBN 978-3-629-01534-1

Kontaktadresse nach EU-Produktsicherheitsverordnung: produktsicherheit@droemer-knaur.de

2 4 5 3 1

FSC www.fsc.org
MIX
Papier | Fördert gute Waldnutzung
FSC® C018236